KB234241

글쓰기는 스포츠다

문예창작 훈련의 현장

갑을패

두뇌도 신체의 일부이다

내가 글 쓰는 일 외에 '글쓰기 선생' 일도 하며 산다고 말하면 그 말을 들은 사람은 어김없이, '아, 글만 써서는 먹고 살기 힘드니까 논술지도 따위를 하나 보다. 예술 한다는 사람치고는 융통성이 있는 성격인가 보군.' 식의 안쓰러움과 안도감이 묘하게 뒤섞인 눈길을 보낸다.

그러다가 다시 "논술처럼 실용적인 글이 아닌 시·소설·수필 따위 문예물을 쓰려는 사람들을 훈련시키고 있어요."라고 보충설명을 하면, 이번에는 의아스러움과 염려와 의혹이 섞인 눈길을 보낸다. 그 눈길에 담긴 의미는 좀 더 다양하다. '그게 어떻게 직업이 된단 말인가. 그런 공부를 하려는 사람은 극소수이고, 게다가 전국 각지에 퍼져 있을 터인데. 더욱이 당신은 유명한 문인도 아니지 않은가.'

이젠 그 눈길 속의 의문들에 대해 답변해야 할 때가 온 것 같다.

첫째, 입에 풀칠하기 위한 방책(糊口之策)으로 이 일을 해온 것이 아니다. 오히려 나는 지난 1999년 독서교육과 글쓰기 교육을 연계시키기 위해 고민하기 시작한 이후로 줄곧 생계의 위협을 받아야 했다. 일부 대학이 문예창작학과 입시에 실기시험을 반영하지 않았다면 나는 지금까지도 주경야독(晝耕夜讀)으로 살아야 했을 것이다.

둘째, 나는 융통성 있는 성격이라기보다 꽉 막힌 고집쟁이에 더 가깝다. 기존의 독서교육이 독서를 공부로 취급하여 책 한권을 100퍼센트 이해시키려 드는 100점 지향의 교육이었다면, 나는 독서를 스포츠 훈련으로 취급하여 학생이 책 한권으로부터 미처 소화시키지 못한 부분은 그냥 배설하게 하고 모자라는 영양은 다른 책에서 섭취하도록 지도했다. 이 방식이 조급하기 그지없는 학부모와 학생들에게 처음부터 환영받았을 리 없다. 그러나 다행히도 나와 함께 하는 시간을 즐거워하고 솜씨 또한 발전해줌으로써 마뜩치 않아 하는 부모에게 '그 선생님 아니면 안 할래' 하는 태도를 취해준 고마운 제자들이 내 곁에는 늘 있었다.

셋째, 글쓰기 공부를, 아니 글쓰기 훈련을 하고자 하는 사람은 정말 적다. 하지만 글을 잘 쓰고 싶어 하는 사람은 많다. 아니, 누구나 글을 잘 쓰고 싶어 한다. 내 방식은 글쓰기 훈련을 하고 싶어 하는 사람을 찾아서 돕는 것이 아니라 글쓰기 훈련의 필요성을 깨닫게 하여 거기 참여토록 하는 것이다.

끝으로, 나는 다행히도 아직 유명한 문인이 아니다. 더구나 그동안 주로 종사해오던 장르는 돈과 무관하기로 악명 높은 시(詩). 워낙 대중과 멀리 있어서 아무리 유명해 봤자 그렇고 그런 분야이다. 만약 시 아닌 다른 분야에서 유명세를 떨쳤다면, 글쓰기 훈련에 대한 연구와 실험을 지금까지 계속할 수 없었을지도 모른다. 학생들의 개성과 체질에 맞도록 훈련시키기 위해서 나의 이름 없음은 오히려 득으로 작용했다.

세상의 모든 예능(藝能)은 그 경지에 닿기 전에 반드시 체능(體能)의 단계를 겪는다. 그림을 잘 그리기 위해선 데생을 수없이 반복해야 하고, 수영을 잘 하기 위해선 물에 뜬 채로 얼굴을 물 밖으로 내어 숨 쉴 수 있어야 하며, 바둑을 잘 두기 위해선 자신이 방금 둔 바둑을 순서대로 복기하는 암기력을 갖추어야 한다. 악기 연주는 말할 것도 없다. 체력을 단련하듯 단련해야 할 문예창작 훈련의 세계를 하나의 학문으로 본다면, 이 책은 그 개론서의 위치에 해당한다 하겠다.

비전을 제시하고, 부족한 원고를 아름다운 책으로 만들어주신 갑을패의 사장님 이하 임직원 모두에게 감사를 표한다.

2008년 무자년(戊子年) 봄
유용선

시심(詩心)을 위하여

　　문학작품을 창조함에 있어 가장 중요한 것을 셋 고르자면, 첫째는 시심(詩心) 곧 아름다운 마음이요, 둘째는 인식(認識) 곧 아름다움을 발견하는 지성이요, 셋째는 표현(表現) 곧 아름답게 형상화하는 능력이다. 그러므로 표현을 인식보다 중히 여기고 인식을 시심보다 중히 여기고 남보다 잘 표현할 줄 안다 해서 자신이 일반인보다 위대할 것이라 착각한다면, 그러한 착각으로부터 벗어나지 못한 시인이나 작가는 설령 그가 다섯 수레의 책을 읽었다 할지라도 여전히 속물에 불과하다.

시심을 가꾸기 위해 시인과 작가가 취해야 할 첫 번째 태도는 자기 앞에 놓인 종이를 절대자처럼 편안히 여기고 그 앞에서 한없이 천진해지고 겸허해지고 진실해지는 것이다. 시심이 받쳐주지 않은 인식은 편협해지기 쉽고, 시심을 뿌리로 삼지 않은 표현은 요사스러움으로 떨어지기 십상이다.

인체에는 세 가지 거룩한 물이 있다. 피와 눈물과 땀이다. 문학의 몸에도 이 세 가지 물이 있어야 한다고 믿는다. 시심은 피와 같이 생동하여야 하며, 인식은 눈물로 씻기어야 하고, 표현은 근면한 땀이 뒷받침되어야 한다. 이 세 가지 물의 공통원소는 진정성이다.

시심 없이 문학작품을 읽거나 창작하는 이는 마치 수없이 자주 경전을 읽지만 결국 광신도가 되고 말 사람에 비할 만하다. 그는 언어의 불완전성에 속고 시달리다가 마침내 문학을 향해 저주를 퍼붓고 자신이 그동안 허비한 시간을 아까워하며 후회할 운명에 처할 것이다.

시심은 창의적인 인식에 의해 깊어진다. 피상적인 인식에 머물면 문학작품은 변명이나 넋두리 수단이 되어 정신의 자궁 속에서 계류유산(稽留流産)이 된다. 시심이 죽어버린 글은 이미 예술로 볼 수 없다. 인공지능이 만들어낸 소모품일 뿐이다.

문예창작의 가장 큰 매력은 심장의 지능이 두뇌의 지능보다 높다는 데에 있다. 마음이 두뇌보다 먼저 죽어가고 있어서야 어찌 살아있는 작품을 창조해낼 수 있겠는가.

1. 언어의 인간

언어를 통한 의사소통의 한계

기대감이 가득한 여섯 쌍의 눈이 나를 보고 있다. 나이가 많고 적음에 상관없이 문예교실에 들어오는 학생들 눈길에 담긴 천진함은 해마다 크게 다르지 않다. 돋보기가 햇빛을 모으듯이 이들의 눈빛을 한 곳으로 모으는 것은 아마도 이들의 순전한 열정일 것이다.

"자, 여러분. 오늘도 간단한 훈련으로 시작해볼까요?"

"네!"

학생들이 모두 공책을 펴고 펜을 들 때까지 잠시 기다리고 나서 말을 잇는다.

"자, 연습장 윗부분에 적으세요. 우리 일상에서 자주 접하고 자주 생각하는 소재들입니다. 아버지, 어머니, 책, 꽃, 버스. 이상 다섯 개."

학생들이 공책 상단에 다섯 개의 낱말을 적는다. 명희씨가 내 쪽을 향해 손을 살짝 든다. 명희씨는 나와 나이가 같다.

"아버지 대신 아빠라 적어도 돼요?"

"아뇨. 그냥 아버지라고 적으세요. 그리고 어머니 역시 엄마 말고 어머니라고 적으시구요."

"네……."

명희씨의 말꼬리가 내려간다. 내가 무엇을 쓰게 할지는 미리 알 수 없어도 저 이에게는 '아버지' 보다는 '아빠' 가 쓰고 싶은 글감인가 보다. 미안해라. 하지만 '아버지'와 '아빠'는 다르다. 명희씨의 질문과 내 대답은 이 수업의 결론과 매우 밀접한 것이기도 하다.

"으음, 거듭 말하지만, 이 다섯 개의 낱말은 우리가 일상에서 매우 자주 접하는 소재들입니다. 만약! 만약 여러분이 일상에서 이 낱말을 듣는다는 가정 하에 자연스럽게 연상하게 되는 인상과 생각을 적는 겁니다. 예를 들어, 아버지의 경우에, 당당한 또는 무거운 어깨를 적었다면 인상을 적은 거겠죠. 그리고 이렇게 적을 수도 있겠습니다. '술에 취한 아버지의 노래 소리가 골목 어귀부터 들려온다. 문패도 번지수도…. 아버지의 노래 소리를 들으면 나는 언제나 슬그머니 부끄러워진다. 그러면서도 한편 반갑다.' 라고 적는다면 인상과 생각을 동시에 적은 것이 되겠지요. 암튼 분량에 상관없이 그런 식으로 각 낱말이 주는 인상이나 생각을 구문 또는 몇 개의 문장으로 적어보세요. 시간은 삼십분 드리죠."

학생들은 잠시 어수선하게 굴더니 곧 차분해진다. 내 경우엔 저 다섯 개의 낱말들에게서 어떤 인상을 받고 어떤 생각을 하게 되나 잠시 떠올려 본다. 5분 정도 지나 어느 정도 글쓰기 분위기가 잡힌 것을 확인하고 나서 조용히 자리에서 일어난다. 귀띔을 한답시고 공연한 잔소리를 하게 될까 봐 미리 자리를 피하는 것이다.

교실 밖으로 나와 사무실에 비치되어 있는 컵을 하나 꺼내 그 옆에 있는 인스턴트커피 봉지 한 개를 집어 든다. 봉지를 뜯어 컵 안에 넣고 냉온수기의 왼쪽에 있는 온수 버튼을 컵 째로 눌러 뜨거운 물을 붓는다. 냉온수기 옆에는 작은 숟가락 두 개가 담긴 컵이 있다. 커피를 젓기 위해 숟가락 하나를 든다. 움푹 들어간 부분에 앞 사람이 사용한 흔적이 있다. 물에 섞여 응고된 커피 자국. 정수기 물을 살짝 내려 숟가락에 흘리자 말끔해진다. 그 숟가락으로 커피를 섞는다.

선 채로 유리창 너머 하늘을 잠시 올려다본다. 구름이 몹시 한가해 보인다. 내 자리에 앉아 손에 닿는 아무 책이나 책꽂이에서 꺼내 역시 아무 쪽이나 펼쳐 읽어본다. 남은 25분 시간이 마저 흐른다. 헛기침을 하고 일부러 살짝 인기척을 낸 뒤에 교실로 되돌아간다. 내가 교실로 들어오는 모습을 보고 은지와 태호, 두 사람이 한숨을 쉰다. 다섯 개를 전부 해결하지는 못했다는 뜻일 게다. 고교생 주연이는 공책을 빽빽하게 채워 놓았다. 태호의 공책에는 문장을 고친 흔적이 아주 요란하다. 아차! 문장력을 보는 게 아니니 가급적 많이 적으라는 말을 빼먹었구나.

"그마안!"

말꼬리를 길게 늘여 글쓰기를 중지 시킨다. 재빨리 펜을 놓는 사람, 아쉬움에 망설였다 펜을 놓는 사람, 나를 힐끗 한 번 보고 나서 펜을 놓는 사람…….

"재미있었어요? 혹시 아버지나 어머니를 쓰다가 운 사람은 없겠죠?"

내 재미없는 농담에 학생들이 웃는다. 학생들의 시선이 한 사람에게 쏠린다. 농담을 잘못 골랐다. 정말 아버지 어머니 생각에 눈시울이 시큰했던 사람이 있었던 거다. 시선을 받은 사람이 수줍게 웃는다. 나는 재빨리 말을 잇는다.

"자, 어디 발표를 해 볼까요? 아버지부터. 포커 돌리는 순으로…… 고 여사님부터 발표해 봅시다."

첫 번째 발표자인 고 여사님은 아버지라는 낱말에선 친아버지를 떠올리지 않는다. 말 그대로 아버지라는 낱말이 주는 인상과 시아버지, 친구의 아버지 등 남의 아버지만 연상을 하셨다.

"어, 한 가지 이상한 점이 있네요? 고 여사님은 아버지라는 낱말로는 친아버지가 떠오르지 않나 봐요?"

내 질문에 아까 내게 '아버지' 말고 '아빠'는 안 되냐고 묻던 명희씨가 호기심 어린 눈길로 고 여사님을 본다.

"네. 저는 아빠라고 해야 친아버지가 떠올라요."

학생들과 나는 일제히 웃음을 터뜨린다. 그도 그럴 것이 고 여사님의 연세는 올해 쉰여섯이다.

"어려서 아주 많은 사랑을 받았어요. 왜 있잖아요, 끼고 다닌다는 표현 있죠? 우리 아버지가 꼭 그러셨어요."

순간 가슴이 뭉클해진다. 누군가 아, 하는 탄식을 흘린다. 다음 사람, 그다음 사람의 발표가 이어진다. 인상을 주로 적은 학생이 있는가 하면, 문장을 갖추어 장면들을 주로 적은 사람도 있다. 그런 식으로 나머지 소재의 발표까지 마감한다. 그리고 나 또한 내 경우 그 다섯 개의 낱말을 통해 받는 인상을 전한다. 그 역시 학생들이 발표한 것들과 또 다르다.

"여러분 어때요? 제가 왜 이 걸 해 보라 그랬는지 짐작이 가요?"

나는 대답을 듣지 않고 곧장 말을 잇는다. 눈빛이면 충분하니까.

"그렇습니다. 언어라는 게 이렇습니다. 우리는 모두 한국 사람이고 한국어를 쓰지요. 그럼에도 불구하고 이렇게 고작 낱말만 가지고도 준비된 상태, 즉 낱말에 대한 각각의 연상 이미지가 달라요. 아주 흔히 쓰는 낱말인데도 말입니다. *Ten Men Ten Languages.* 열 사람이 있으면 열 개의 모국어가 있는 것이지요."

잠시 말을 끊고 학생들의 낯빛을 살핀다. 고개를 끄덕거리는 사람, 자기가 쓴 글에 물끄러미 시선을 고정시키고 있는 사람, 미소 띤 얼굴로 내 얼굴 어느 부분인가를 보고 있는 사람…….

"일방적인 토로가 문학이 될 수 없는 까닭이 여기에 있습니다. 내가 쓴 글을 읽은 상대가 내가 전하고자 하는 뜻을 완전히 다 파악했으려니 하는 것은 한갓 기대에 불과합니다. 뉘앙스는 말할 것도 없구요. 나는 당연히 이 낱말과 이 표현을 이런 의도로 전했는데, 그것을 받아들이는 상대는 심지어 아예 정반대 의미로 받아들이기도 하지요. 대가(大家)를 이룬 사람들의 글에 여백이 많아지고 어휘가 줄어드는 것도 언어를 통한 소통의 한계를 뼛속 깊이 체감하였기 때문이 아닐까 저는 확신합니다. 언어에 대한 맹목의 신앙을 쓰레기통에 내다버리는 것, 바로 여기에 문학의 출발점을 놓아야 합니다. 특히 함축이 생명인 시에서는 더더욱 중요한 요소입니다."

몇 마디 잡담을 서로 주고받고 차 마시는 시간을 가진 뒤에 다음 순서인 습작품에 대한 의견 나누기로 넘어간다. 그래서 일주일 두 시간*은 언제나 너무 짧다.

*주 1회 두 시간씩 하던 수업이었다.

호모 에라투스(Homo Erratus)

인간의 특성을 들어 인간을 혐오하는 일은 '누워서 침 뱉기'이다. 그런 줄 알면서도 이해보다는 쉽사리 혐오에 빠져드는 것이 우리 모습이기도 하다. 그러한 우리 처지를 끊임없이 힘들게 하는 인간의 특성 가운데 절대로 빼놓을 수 없는 것이 하나 있다. 호모 에라투스(*Homo Erratus*)*, 즉 오류의 인간. 이 숙명 앞에서 문학과 사상은 어떤 태도를 취해야 할까?

인간은 오해한다. 오해하니까 인간이다. 그런데 인간은 번번이 자신이 오해하고 있음을 알지 못한다. 자신의 판단을 의심하지 않기 때문이다. 자신의 지식과 체험과 생각을 믿고, 그것들을 바탕으로 현상을 분석하고 심지어 서슴없이 타인을 판단하기도 한다. 간단한 예로, 산속이나 바닷가에서 이웃과 별다른 사귐 없이 혼자 사는 남자 혹은 여자가 있다고 치자. 주변 사람들은 별 고민 없이 그를 외로운 사람이라 판단한다. 그와 반대로 대중의 인기 속에서 많은 사람을 만나며 사는 남자 혹은 여자가 있다고 치자. 주변 사람들은 별 생각 없이 그의 마음이 행복으로 충족하리라 믿는다. 과연 그럴까? 혼자 있어도 지극히 평안하고 자유로울 때가 있고, 반면 군중 속에서도 지독한 고독감에 시달릴 때가 있다. 호모 에라투스인 우리는 호모 에라투스임을 자각하면서부터 비로소 서로 혐오하는

*필자가 '오류의 인간'이란 뜻으로 만든 신조어

관계를 벗어나 연민을 거쳐 서로 이해하는 관계로 나아갈 수 있다. 그러한 자각과 연민과 이해야말로 휴머니즘 문학의 씨앗이요 싹이요 기둥줄기이다.

하나마나한 이야기겠지만, 호모 에라투스도 서로 사랑한다. 그런데 사랑하는 감정 못지않게 중요한 것이 사랑하는 방식이다. 어떻게 사랑하느냐에 따라 그 폭과 깊이에 큰 차이가 생겨날 수 있다. 우리들 오류의 인간이 주고받는 사랑에는, 내가 보기에, 세 가지 패턴이 있다.

첫 번째 패턴은 '내가 이것을 좋아하니까, 저 치도 이것을 좋아하겠지.' 생각하여 베푸는 사랑이다. 유명해지고 싶은 사람은 나를 유명하게 만들어주기 위해 애쓰며, 아름다운 연애를 꿈꾸는 사람은 자신이 보기에 매력 있는 여인을 내게 소개해주려 하며, 술을 좋아하는 사람은 내게 술을 사주며, 부자가 되고 싶은 사람은 내게 돈벌이가 될 만한 정보를 알려준다. 내가 남에게서 받고 싶어 하는 것을 오히려 남에게 베푸는 사랑이다. 자칫 사랑이라기보다는 사랑을 빙자한 자랑으로 흘러버릴 위험이 있기는 하지만 이러한 사유 패턴은 마음을 따뜻하게 한다.

두 번째 패턴은 '저 이는 저것을 좋아하는 것 같아. 그걸 내가 해 주어야지' 생각하여 베푸는 사랑이다. 내가 유명해지고 싶어 하는 기색이면 내 이름이나 창작품을 널리 홍보하고, 내가 아름다운 연애를 꿈꾸는 것 같으면 내게 잘 어울릴 것 같은 여인을 소개해주려 하고, 내가 술을 좋아하는 것으로 보이면 내게 술을 사 주고, 내가 부자가 되고 싶어 하는 것 같으면 내게 돈벌이가 될 만한 정보를 알려준다. 그런데 때로 이러한 희생적인 사랑이 오히려 나를 더욱 불행한 길로 내몰기도 한다. 부모의 사랑이 자녀에게 늘 유익하게만 작용할 수는 없는 것처럼.

마지막 패턴은 '오해를 받고 배척을 당하더라도 그에게 반드시 필요한 것을 해 주겠어' 하는 결심을 바탕으로 삼은 사랑이다. 내가 유명해지고 싶은 마음에 시달릴 때 내 미흡함을 지적하여 내실을 기하게 자극하고, 내가 아름다운 연애를 꿈꿀 때 그로 인해 내가 자칫 잊어버리고 소홀해질 수 있는 삶의 다른 측면을 상기시켜 주고, 내가 술을 마시고 싶어 할 때는 내 마음의 비어있는 곳을 살피려 하며, 내가 부자가 되고자 애쓸 때에는 내 건강을 염려해 준다. 매우 신중하고 용기 있는 사랑이다. 그는 자칫하면 내게 오해를 받고 배척을 당할 수도 있다. 다시 말해, 오해와 배척을 감수하면서까지 끝끝내 내 진정한 유익을 생각하는 사랑이다. 물론 이러한 태도라 하여 오류에서 완전히 벗어날 수는 없을 것이나 실로 숭고한 사랑이다.

우리는 자신이 잘 알지 못하는 세계에 종사하는 사람들에 대해 나름대로 선입견을 가진다. 연예인은 이럴 거야. 시인이나 작가는 저럴 거야. 작곡가는 그럴 거야. 천재는, 남자는, 여자는, 이슬람교도는, 기독교인은, 부자는, 노동자는, 호남 사람은, 부산 사람은, 서울 사람은……

터먼(*Terman*)이 35년에 걸쳐 조사한 보고서인 '천재의 유전학적 연구' 나

할라한(*Hallahan*)과 카우프만(*Kauffman*)이 정리한 '영재에 관한 신화'라는 보고서는 우리에게 시사하는 바가 크다. 이 보고서들은 대중이 흔히 천재에 대해 품고 있는 생각과 실제가 얼마나 다른지를 선명하게 보여준다. 많은 사람들이 〈천재는 대체로 신체가 허약하고 사회에 잘 적응하지 못하고 정서적으로 불안정하며 요절하기 쉽고 조울증 환자가 많다〉는 통념을 지니고 있는데, 사실은 〈천재는 대체로 체력이 좋고 쾌활하고 자상하고 매력적이며 도덕성도 높은 편〉이라는 것이다. 세계적으로 유명한 천재들 가운데 남성우월주의에 여성편력이 심했던 피카소라든지 자존심이 지나치게 강하고 신경질이 많았던 베토벤이라든지 젊어서 죽은 소수의 유명 예술가들에 대한 지식 때문에 그릇된 통념이 신화로 굳어버린 것에 불과하다는 것이다. 〈천재는 초인〉이라는 생각은 명백한 오류이므로 〈천재는 단지 어떤 특수한 영역에 있어서만 예외적인 능력을 발휘하는 사람〉으로 고쳐져야 한다.

외국인에 대한 편견도 우리가 자주 접하는 오류 가운데 하나이다. 태어나 처음으로 간 외국에서 여행자는 그 나라의 몇몇 사람이 보여준 모습을 통해 그 나라 민족성 전체를 판단하려 들기 쉽다. 특히나 처음 가보는 사람일 경우는 십중팔구 그렇다. 한국인들은 어딘가에 홀리지 않으면 생활이 안 되는 사람들이더라. 일본 사람들 정말 친절하더라! 일본 여자들은 겉 다르고 속 달라! 프랑스 사람들 정말 수다스럽더라! 독일 교수들은 무척 가난해! 미국 사람들은 너무 윤리의식이 약해! (혹은 체험한 지역에 따라서, '미국인들 뜻밖에 아주 보수적이더군!') 인도 사람들은 신비해! 따위 문화와 문명과 인습의 차이를 알지 못함으로 인해 숱한 오류가 난무한다. 어디, 나라뿐인가! 한 나라에서도 지방에 따라 숱한 판단의 오류가 발생한다. 마음과 마음이 서로를 느끼기란 얼마나 힘든 일인지! 마법처럼 드러내 보일 수 없어서 그렇지 사람의 보편적 심성은 크고 작고 넓고 좁음의 차이는 있을지언정 사실 서로 무척 닮았다. 문학작품을 통해 특정한 나라의 사람이나 인종을 왜곡시키는 것은 작가의 편견과 무지나 악의에서 비롯될 때가 많다.

특정한 정치이념을 신봉하기 시작한 사람은 세상이 그 이념을 따르기만 하면 이상적인 공간이 될 것이라 생각한다. 우리 지구상의 호모 에라투스들은 전 세계를 양분한 두 가지 경제사상의 깃발 아래 갈라져 상대진영을 피로 물들인 역사를 지니고 있다. 정치뿐 아니라 예술분야에서도 이념은 오류를 극단화시킨다. 탁월한 문학비평가의 이론에 심취한 사람 가운데에는 모든 텍스트를 그 잣대에 대고 읽어내려는 사람이 제법 있다. 이드가 어쩌고, 에고가 어떻고, 씨니피앙과 씨니피에가 어쩌고, 4원소가 어떻고, 심지어 저명한 이론가들이 한 말로 글 전체를 구성해 놓기도 한다. 서툰 요리사가 녹슬고 날이 빠진 칼을 든 격이다. 그들의 도마 위에서 갈기갈기 찢긴 텍스트를 보노라면 가슴이 쓰리다. 맙소사, 여백에 담긴 울림과 숨은 메시지를 읽어내도 시원치 않을 마당에!

일상에서 발생하는 오류는 사소하게 출발하여 큰 사고가 되기도 하고 심지어 사람의 목숨이 왔다 갔다 하기도 한다.

밤늦은 시간에 중년의 사내가 걸어간다. 문득 그의 눈에 고등학생으로 보이는 여자아이들이 담배를 피우고 있는 모습이 들어온다. 순간 그는 빛보다 빠른 속도로 생각한다.

'이 늦은 시간에 저러고 있으면 껄렁껄렁한 사내 녀석들이 가만히 보고만 있지 않을 텐데…….'

그리고 여자아이들에게 한 마디 한다. 그러나 마음과 달리 입 밖으로 나온 말은 영 말본새가,

"얘들아, 그만 집에 들어가지?"

담배를 피우던 여자아이들은 고등학생이 아니라 이제 갓 스물이 된 대학생들이다. 순간 그들은 생각한다.

'아우, 짜증나! 어른이면 다야! 자기네들이나 잘 하라지. 그리고 저 사람은 지가 우리를 언제 봤다고 반말이람.'

그리고 그 가운데 한 여자아이가 담배를 휙 던져버린다. 담배를 던지는 순간의 손가락 모습은 마치 서양 사람들이 'Fuck U'라는 욕을 할 때 취하는 포즈와 비슷하다. 순간 중년의 사내는 화가 치민다. 아니, 이런 버르장머리 없는 것들을 다 보았나! 감히 자기 아버지 같은 사람한테! 폭력사태가 발생하고 급기야는 경찰서까지 간다.

소설 '위대한 개츠비'*에는, 저택을 소유한 부자인 개츠비가 커다란 파티를 열어놓고 자신은 손님들과 합류하지 않은 채 뜰에서 산책을 하는 동안 파티에 참석한 사람들이 '그는 아마 무기를 팔아서 부자가 되었을 거야'라든지 '그는 마약밀매상일 거야' 등의 추측을 마치 확인된 사실인

*미국작가 피츠제럴드의 소설

양 떠벌이는 모습이 매우 실감나게 묘사되어 있다.

성품이 소심하여 사소한 일을 꼬투리 삼아 잡다한 생각에 잘 몰두하는 사람은 혼자서 상대편에 대해 오만 가지 공상을 다 한다. 외로움을 유난히 못 견뎌서 사람들 사이에 끼어들어 있어야 안심하는 사람도 그와 비슷하다. 특히, 의부증이나 의처증 환자의 '배우자에 대한 불행한 상상'은 어지간한 미스터리 소설가의 아이디어를 능가한다. 길을 함께 가다 예쁜 여자에게 잠시 눈길을 주었다가 그 날 배우자로부터 밤새워 봉변을 당하는 이야기는 꼭 통속적인 것으로 치부하고 말 일이 아니다. 예쁜 여자에게 눈길을 준 거면 그나마 덜 억울하지. '저 여자는 옷차림이 저게 뭐야' 하며 쳐다보았다가 봉변을 당하는 경우도 많을 것이다. 앞서 언급한 '위대한 개츠비'의 주인공도 소심한 의처증 환자의 성급한 단정과 광적인 용기 때문에 살해당한다.

예를 들자면 끝이 없다.

오류는 상처의 원인이 된다. 그렇다고 오류를 피하려고 소통마저 포기할 수는 없다. 자신이 무기를 들고 있음을 모르는 사람은 위험하다. 그런데 많은 사람들이 자신이 무기를 든 존재임을 곧잘 잊는다. 언어는 총칼 못지않은 파괴력을 지니고 있다. 따라서 인간은 그 자체가 하나의 무기이다. 그렇다면? 이러한 가련한 우리 호모 에라투스에게 문학은 어떤 역할을 수행할 수 있을 것인가? 오류의 인간이 다른 오류의 인간과 함께 언어를 통해 소통하며 공존하는 이 세계 속에서 어떻게 하면 우리는 오류를 최소화시킬 수 있을까? 나는 이 부분에서 '치유'라는 개념을 언급하고 싶다. 오류로 흐르기 쉬운 우리 호모 에라투스의 인식 세계를 넓혀 치유로 나아가는 데에 문학의 역할과 효용성이 있다고 나는 믿는다.

언어만으론 완전한 의사전달이 불가능함을 인정할 때부터, 우리의 대화는 말과 글을 의지하지 않게 된다. 말과 글에 의지하지 않고, 눈과 귀와 입과 손과 가슴과 침묵과 기다림을 조화롭게 배합할 때부터 비로소 참다운 소통이 이루어지기 시작한다. 거기서부터 오류가 발견되고 치유도 시작된다. 내면의 상처를 미처 다스리지 못한 채, 개인의 신음은 집단의 신음이 되며 점점 데시벨을 높여간다. 이 신음에 귀를 막은 채로는 문학의 미래는 없다. 종이 위에서 모니터 앞에서 우리 문학인들은 자주 다음과 같이 뇌까려야 한다.

"내가 보고 느낀 것이 전부가 아니다. 내가 현재 아무 의심 없이 믿고 있는 판단은 어쩌면 잘못된 것일 수도 있다. 나는 호모 에라투스이다."

작품 탄생과 사람의 출생은 서로 참 많이 닮았다

1. 잉 태

못 견디게 쓰고 싶어진다. 배설과 비슷하다. 쓰지 못하면 고통스럽다. 성욕과도 비슷하다. 그래서 '예술가들은 성적 에너지를 작품에 쏟는다.' 는 말이 있나 보다. 그 마음이 충분히 고여 있으면 고여 있을수록 건강한 유전인자를 건네줄 가능성이 높다. 그러므로 쓰고 싶다고 해서 곧바로 쓰기에 착수하는 것은 바람직하지 않다. 좋은 작품을 쓰는 문인들은 조급하지 않다.

2. 자궁 속에서

문학작품은 그 내용에 걸맞은 형식을 만나야 자연스럽고 아름답다. 예컨대, 자유시를 형식 자체로부터 자유로워진 시로 오해하는 사람이 많다. 아니다. 자유시란 시의 내용에 잘 어울리는 형식을 시인 스스로 자유롭게 창조하는 시를 뜻한다. 방종의 길로 가버린 시는 대중과 고급독자 양쪽 모두로부터 버림받는다.

자신이 쓰는 글이 기형(畸形)이 되지 않도록 극도로 주의해야 한다. 건강한 문인이 건강한 작품을 낳을 확률이 높다.

3. 출산

글을 쓰기 시작할 때부터 문예창작은 숙명적으로 퇴고(推敲)이다. 겉보기와 달리 매우 힘들다. 목숨을 걸어야 할 때도 있다. 특히 앞서 말한 자궁 속의 과정을 충분히 거치지 못했을 경우엔 더욱 힘들다. 조산(早産)에는 제왕절개나 인큐베이터처럼 무리가 따르기 때문이다. 출산 경험이 많은 다른 사람들의 도움을 받는 편이 좋다.

작품이 태어난다.

그러나 아직도 완성이 아니기 일쑤이다.

4. 출산 후

낳느라 워낙 큰 고생을 했기 때문에 다른 사람이 내 작품에 대해 간섭을 하거나 악평을 할 때는 감정이 상한다. 그러나 귀담아 들어둘 필요는 있다. 물론 남의 말을 곧이곧대로 따라가다간 자칫 건강한 아기를 병약하고 소심하고 융통성 없게 키울 위험이 있다. 따라서 문인은 반드시 평생 자신을 수양해야 한다. 자식에게 회초리를 댈 줄 모르는 부모는 훗날 자기 자식이 휘두르는 채찍에 맞을 수 있다.

5. 주의할 점

내 눈에는 착하고 예뻐 보이는 자식도 남의 눈에는 불량하고 못난 놈으로 보일 수 있다. 발표된 작품은 독자들 속에서 왜곡을 당할 수도 과한 대접을 받을 수도 혹은 홀대를 당할 수도 있다. 자식 농사는 마음대로 되지 않는다. 발표된 작품에 대해선 글쓴이 자신이 남 못지않게 냉정해지는 편이 낫다. 자기가 지은 글에 자아도취(自我陶醉)된 문인은 추해 보인다.

문학작품을 즐겨 읽는 사람은 대체로 글을 쓰는 사람인 경우가 많다. 그런데 자기 자식 귀한 줄만 알고 남의 자식 귀한 줄 모르는 사람들을 종종 본다. 남의 글을 읽을 때는 먼저 그것을 쓴 사람의 문학정신과 인식을 따뜻한 시선으로 들여다보고 알아채려고 애써야 한다.

그릇된 읽기와 쓰기는 시인 자신을 피폐하게 할 수 있음을 이 글의 끝에 경고해 둔다. 그 책임은 오롯이 본인 스스로에게 있고, 그 피해를 보상하는 보험이나 처방은 세상 어디에도 없다.

서시빈목(西施嚬目)

"월나라의 절세미녀 서시는 가슴앓이 지병이 있어 자주 미간을 찡그리곤 했다. 그랬더니 한 마을에 사는 추녀가 이것을 보고 그 어여쁜 데 감탄하여 자기도 가슴에 손을 대고 미간을 찡그리며 마을을 돌아다녔다. 그러자 그 마을의 부자는 이것을 보고 대문을 굳게 잠그고 밖으로 나오지 않았고, 가난한 사람들은 이것을 보고 처자를 이끌고 마을에서 도망쳤다."

『장자(莊子)』 '천운편(天運篇)'에 나오는 이야기다. 효빈(效嚬) 또는 서시빈목(西施嚬目)이라 부르는 고사이다. 이 일화 속에 등장하는 추녀 이야기는 오늘날 예술인을 꿈꾸며 훈련하는 이들이 타산지석을 삼을만하다.

이야기 속의 추녀는 절세가인 서시의 모습 가운데 왜 하필 유독 찡그리는 모습을 따라 했을까? 눈을 순하게 뜬다든지, 입매가 알맞게 올라가도록 교양 있게 웃는다든지, 나비가 꽃잎에 앉듯 사분히 땅을 디디며 걷는다든지, 허리를 반듯하게 세우고 시선을 가지런히 하고 앉는다든지, 거문고를 정성껏 탄다든지 등등 미인다운 면모가 아주 많았을 텐데도 말이다. 더구나 서시는 애국심도 아주 강한 사람이었다. 외모로 안 되면 그 애국심이라도 본받을 만하지 않았나. 추녀는 서시처럼 미인이고 싶은 욕망은 강했으나 서시의 아름다운 면모의 대부분은 그저 천부적인 것으로 여기고 따라 하기에 만만해 보이는 것만을 택한 것이다.

오늘날 창작수업에 임하는 사람들 가운데 이 추녀의 그릇된 학습법을 선택하는 사람이 많아 보여서 참으로 염려가 크다. 글다운 글을 쓰려면 형태 안에 의미를 억지로 끼워 넣을 게 아니라 전달하고자 하는 내용이 생동감 있게 스스로 형태와 호흡을 갖추어가게 해야 한다.

기이한 행동을 일삼으며 유별나게 구는 것을 시인답고 작가다운 것이라 생각하는 예비 문인들을 꽤 보았다. 끊임없이 공부하며 사물과 현상을 새롭게 보려는 자세를 견지해야 할 시간에 허투루 시간을 낭비하는 모습을 볼 때마다 마음이 좋지 않았다. 사실 명작을 남긴 시인들 가운데에는 말술을 마시고, 아무 자리에서나 줄담배를 피우고, 무례하게 빈정거리기를 잘 하고, 무시로 잘난 척하고, 시비 붙기를 잘 하고, 거들먹거리고, 무례하고, 여러 여자(혹은 남자)와 염문을 뿌리며 다니는 인물도 제법 있다. 심지어 평생을 감옥에서 살다시피 한 인물도 있다. 그러나 그러한 기이한 면모를 본받는 것이 창작에 과연 어떤 도움이 될까? 아무 도움도 되지 않는다. 서시에게 가슴앓이라는 결점이 있었듯이 저마다 한두 가지 정도 결점을 지니지 않은 사람이 없을 따름, 기행은 기행이며 추행은 추행일 뿐이다.

기행 말고, 글을 공부하는 사람들이 기성문인에게서 본받기 쉬운 악덕 가운데 과도한 언어유희가 있다. 언어유희 즉, 말놀이는 필수적이고 반드시 필요한 것이다. 그 자체로 악덕은 아니다. 그러나 말놀이 속에 글쓴이가 은근살짝 감춰놓은 필수덕목들이 없다면 문제다. 그 필수덕목이란 '응시'와 '인식'과 '진정성'이다. 한 편의 글이 태어나기까지 반드시 거쳐 왔을 '응시'와 '인식'과 '진정성'을 무시하고, 그 결과물인 표현만을 따라하며 태어난 글은 '기어'와 '요설'이 되고 만다.

오늘날 우리는 예술로 볼 수 없는 것도 몇몇 사람이 무리 지어 예술작품이라 우기면 예술이 되어버리는 시대에 살고 있다. 무슨 상(賞)이라도 하나 얹으면 아예 명작대접을 받는다. 그 텍스트들은 대부분이 감성 중심이거나 이미지 중심인 경우가 많다. 감성이나 이미지가 속임수를 부리기에 적당하기 때문이겠다. 찰나적이고 통속적인 아름다움을 위해 정말 커다란 아름다움을 놓쳐버린 작품을 솎아내려면 문학의 형식이나 수사학적 성취부터 보아서는 안 된다. 그보다는 거기 스며있는 '응시'와 '인식'을 면밀히 살펴보아야 한다. 물론 대상은 인간이다.

참된 아름다움에 대한 사색과 번민을 노래한 공광규의 시 〈아름다운 오드리 헵번〉을 감상해 보자. 시집 '소주병'(실천문학사)에 수록되어 있다.

> 우리가 정말 아름다운 오드리 헵번을 만난 것은
> 〈로마의 휴일〉에서가 아니라 아프리카에서였다고
> 문화일보 1996년 10월 21일자 32면에
> '고객과 함께 하는 세계로 미래로 – 삼성'이
> 전면 이미지 광고를 냈다

흰머리 쭈그렁탱이 할머니가
아프리카 어느 나라에서
기아에 허덕이는 인간 막대기를 안고
세상을 슬프게 응시하고 있다.

영풍문고판 『TOEIC 超학습법』 48쪽에 실린
믿어지지 않을 만큼 탱탱한 몸매로 번 재산을
기아의 아가리에 털어 넣고서야 천사가 되다니
피부가 헌 가죽부대처럼 쭈글쭈글해져서야 아름다워지다니

평생을 거쳐 아무도 아무것도
제대로 사랑해보지 않은 나는
언제 나에게서 해탈하여
이 할머니처럼 세상을 바라볼 것인가

노년의 오드리 헵번은 그가 젊고 아름다웠던 날부터 쌓아올린 부와 명성을 아프리카 난민을 구제하는 데에 쏟았다. 여러분의 눈에는 젊은 날의 오드리 헵번과 노년의 오드리 헵번 가운데 어느 쪽이 더 아름답게 느껴지는지? 젊은 날의 오드리 헵번이 보여준 아름다움과 노년의 오드리 헵번이 보여주고 있는 아름다움 가운데 어느 쪽이 더 큰 감동으로 와 닿는지? 젊은 그녀의 아름다움을 알아보는 데에는 평범한 눈으로 족하지만 아프리카에 있는 그녀의 아름다움을 알아보는 데에는 한 단계 높은 양식의 눈이 필요하다. 두 아름다움 사이에는 현격하게 다른 차원의 미가 존재한다.

서시와 추녀의 일화 끝부분을 다시 옮겨 적어본다.

시심은 없고 수사(修辭)만 발달한 문학의 운명이 저와 같을 것이다. 후원
이 없으니 부(富)는 커녕 보호조차 받지 못할 것이며, 존경이 없으니 명예
또한 얻지 못할 것이다. 아무리 새로운 표현이라도 결국 낡은 것이 된다.
하지만 집요한 '응시'와 정확하고 깊이 있는 '인식'과 따스하고 치열하
며 담백한 '진정성'을 보여준 작품 앞에서 독자는 감동하지 않을 수 없
다. 우선순위가 뒤바뀐 그릇된 독서법과 작법에 물들지는 않았는지 스스
로 냉정하게 살펴서, 만약 잘못되었다면 주저 없이 허물어 다시 세울 줄
알아야 하겠다.

문학의 소재는 가까운 곳에 있다

I.A. 리차즈*는 언어를 과학적 언어인 일상어와 정서적 언어인 장식어로 구분했다. 문학에서 사용되는 언어들은 종종 비유와 상징 등으로 장식되거나 성격이 부여되어 작품 전체를 풍부한 정서로 채우기도 한다. 하지만 지극히 일상적인 표현만으로 훌륭한 문학작품이 되는 경우도 많다. 일상어가 어떻게 훌륭한 문학작품이 될 수 있는지에 대해 이야기해 보도록 하겠다.

우리의 일상 속에서는 그 상황을 적절히 진술하는 것만으로도 훌륭한 문학작품이 될 만한 극적이고 감동적인 요소들이 참 많다. 문제는 그것들을 발견할 수 있는 '마음의 눈'과 세밀한 곳까지 찾아내 적절히 표현할 수 있는 능력이다. 다음 예로 든 세 개의 장면은 결국 시로 표현된 장면들이다.

1_ 엄마는 펑크가 난 러닝셔츠를 부끄러운 줄도 모르고 입고 있다. 그 모습을 본 아빠가 화가 나서 그것을 찢어 내버리자 엄마는 "아깝다, 아직도 두 번 정도 더 입을 수 있었는데" 한다.

* *I. A. Richards* 20세기 전반에 활약한 영국의 언어학자. 랜섬이 처음 공식적으로 사용한 명칭인 '신비평(*New Criticism*)'은 20세기 초 영국에서 전개된 리차즈의 이론. 엘리어트의 비평. 엠프슨의 실천을 근거로 한다. 한국에는 1930년대에 최재서에 의해 처음 소개되었다.

2_ 연탄을 나르는 아저씨의 리어카 뒤를 그의 어린 두 딸이 따라다니며
일을 거든다.

3_ 맞은편에서 자매로 보이는 세 여자가 걸어온다. 가까이서 보니 가운
데 있는 사람은 중년의 꼽추이다.

1번은 1987년 당시 초등학교 6학년이었던 배한권이 쓴 '엄마의 런닝구'
라는 시 속의 장면이다.

작은 누나가 엄마보고
엄마 런닝구 다 떨어졌다.
한 개 사라 한다.
엄마는 옷 입으마 안 보인다고
떨어졌는 걸 그대로 입는다.

런닝구 구멍이 콩 만하게
뚫어져 있는 줄 알았는데
대지비만하게 뚫어져 있다.
아버지는 그걸 보고 런닝구를 쭉 쭉 쨌다.

엄마는
와 이카노.
너무 째마 걸레도 못 한다 한다.
엄마는 새 걸로 갈아입고
째진 런닝구를 보시더니
두 번 더 입을 수 있을 낀데 한다.

이 시를 읽을 때마다 드는 생각. '적어도 시를 쓸 때만큼은 심장의 지능이 두뇌의 지능보다 높다.' 위의 시에서 글쓴이는 부끄러웠느니 안쓰러웠느니 하는 직접적인 감정 표현을 하지 않을뿐더러 비유나 상징이나 의인법 등의 기교를 사용하지도 않고, 그저 엄마의 모습에게서 받은 어쩐지 말로 표현하기 힘든 묘한 느낌을 그저 "여러분 느낌은 어떠세요?" 하고 묻듯이 담담히 진술하고 있다. 그러나 이 시를 자세히 읽어보면 ① 콩알만 한 구멍인 줄로 알았는데 적나라하게 보니 훨씬 컸더라는 발견, ② 런닝구를 찢어버리는 아빠 앞에서 너무 박박 찢으면 걸레로도 사용하지 못한다고 걱정하는 엄마의 대조적인 모습, ③ 새 것으로 갈아입어 좀 전과 대비된 엄마, ④ 끝끝내 미련을 버리지 못하고 두 번은 더 입을 수 있었을 거라는 말이 주는 페이소스 따위의 나무랄 데 없는 기교로써 읽는 이를 글쓴이의 마음속으로 끌어들이고 있다. 기교를 안다고 기교를 적재적소에 사용할 수 있는 것이 아니다. 글쓴이의 '마음의 눈'은 이것들을 놓치지 않았으며 또한 그것들을 빠뜨리지 않고 적어 넣음으로써 성공적인 시를 만들어 냈다.

이번엔 2번의 상황을 시로 쓴 김영승 시인의 '반성 100'을 감상해 보도록 하자.

연탄장수 아저씨와 그의 두 딸이 리어카를 끌고 왔다.
아빠, 이 집은 백 장이지? 금방이겠다, 머.
아직 소녀티를 못 벗은 그 아이들이 연탄을 날라다 쌓고 있다.
아빠처럼 얼굴에 껌정칠도 한 채 명랑하게 일을 하고 있다.

* 원작에는 괄호 없음. 인용자가 설명의 편의를 위해 임의로 사용한 것임

어린이가 쓴 시 '엄마의 런닝구'에서와 마찬가지로 저명한 시인이 쓴 이 시에서도 역시 특별한 표현상의 기교가 들어있지 않다. 그러나 이 시를 자세히 읽어보면 ① 연탄장수를 따라온 자식이 딸(여성)로서 그것도 어리다는 점 ② 연탄 백장더러 많지 않다고 하는 말(이 말에는 '아빠 힘내세요. 우린 괜찮아요.' 하는 착한 마음이 실려 있다.) ③ 이 광경을 두고두고 기억하고 있다가 자신이 딸을 낳으면 훗날 그 아이가 말귀를 알아들을 만큼 컸을 때 꼭 이 이야기를 들려주겠다는 목격자(시인)의 반응 ④ '나는 어른이니까 네 장, 너희는 어리니까 두 장'이라며 안타까운 부정(父情)을 발휘하는 아빠의 말 등이 읽는 이의 눈앞에 선한 풍경을 만들어내며 짠한 감동을 자아내고 있다.

위에 예로 든 두 개 말고도 명시로 손꼽히는 시들 가운데에 통념상의 문학적인 언어를 사용하지 않고도 커다란 감동이나 깨달음을 주는 것들은 셀 수 없이 많다. 물론 그렇다고 해서 일상을 소재로 한 시에는 정서적 언어를 사용해서는 안 된다는 뜻은 아니다. 기교와 정신 가운데 무엇이 더 중한지 잊어버리거나 표현을 익히는 일에 주눅이 들어 시감상과 창작에 흥미를 잃을까 염려되어 강조했을 뿐이다. 일상어와 정서적인 언어를 적

절히 배합해 훌륭한 시가 된 경우도 많이 있다.

3번의 정황을 시로 쓴 나희덕 시인의 '누에'가 그에 해당하는 좋은 예다.

세 자매가 손을 잡고 걸어온다

이제 보니 자매가 아니다
꼽추인 어미를 가운데 두고
두 딸은 키가 훌쩍 크다
어미는 얼마나 작은지 누에 같다
제 몸의 이천 배나 되는 실을
뽑아낸다는 누에
저 등에 짊어진 혹에서
비단실 두 가닥 풀려 나온 걸까
비단실 두 가닥이
이제 빈 누에고치를 감싸고 있다

그 비단실에
내 몸도 휘감겨 따라가면서
나는 만삭의 배를 가만히 쓸어안는다

이 시를 구성하는 내용 가운데 '~ 누에 같다' 부터 '그 비단실에 내 몸도 휘감겨 따라가면서' 까지는 다분히 정서적인 언어들이다. 그러나 이 시의 감동이나 문학적 정취는 이 정서적인 언어 사용 부분보다 오히려 그 앞뒤에 있는 평범한 일상 언어들 속에 더 진하게 담겨있다. 만약 '누에'를 다음과 같이 썼다면 감동이 적었을 것이다.

제 몸의 이천 배나 되는 실을

뽑아낸다는 누에

저 등에 짊어진 혹에서

비단실 두 가닥 풀려 나온 걸까

비단실 두 가닥이

이제 빈 누에고치를 감싸고 있다

그 비단실에

내 몸도 휘감겨 따라간다

맞은편에서 걸어오는 세 여자를 자매들이겠거니 생각한 시인은 그들과 거리가 충분히 좁혀진 뒤에야 비로소 그 가운데 있는 여인이 꼽추라는 사실을 깨닫는다. 중년의 꼽추 여인을 보고 시인은 좌우의 여인들이 그녀의 딸이겠구나 생각한다. 불구자인 어미에 비해 딸들은 건장하고 아름답다. 딸들의 표정에는 수치심 따위는 찾아볼 수가 없다. 불구의 몸으로 딸들을 저렇게 아름답게 키우기까지 얼마나 우여곡절이 많았을까 하는 생각이 절로 든 시인은 꼽추 여인의 모습에서 누에를 생각해 내고 더 나아가 아름다운 비단실을 내놓는 누에의 숙명을 떠올린다. '나'는 이제 곧 엄마가 될 임산부이다. 비록 '나'는 등에 혹 같은 불구를 지고 있지는 않지만 엄마가 되어야 한다는 아름다운 숙명 앞에 숙연한 생각이 들어 만삭의 배를 쓰다듬게 된다.

문학은 결코 먼 곳에 있는 것이 아니다. 일단 문학은 그것을 창조하려는 이의 마음속에 있으며 그 마음은 눈과 귀와 혀와 살갗이 있다. 문학은 재능 있는 특별한 사람들만 잘 쓸 수 있는 것이 아니며, 문인 또한 무슨 상(賞)을 받거나 문집을 내면서 하루아침에 되는 것이 아니다. 죽는 순간까지 마음을 잘 가꾸며 살아가는 시심(詩心)의 소유자들이 써낸 감동의 언어가 많아질 때, '한 때 시인'이 아닌 '평생 시인'이 많아질 때, 시적이란 찬사가 아깝지 않은 예술작품이 문화의 각 장르마다 넘쳐날 때, 우리 사회 역시 그만큼 시적인 아름다움을 지니게 되는 것이 아닐까?

말은 자꾸 낡아지고 있다. 말은 영구히 '헌것, 부족한 것'으로 존재한다. 글 쓰는 사람은 전래어든 신어든 외래어든, 그 오늘 아침부터라도 이미 존재하는 어떤 언어에도 만족해서는 안 될 것이다. 끊임없는 새 언어의 탐구자라야 한다. ― 이태준

끊임없는 재평가

'시가 무엇이냐?' 하는 질문에 대해 엘리엇은 '시에 대한 정의의 역사는 오류의 역사이다' 라고 단호하게 대답했다. 전적으로 공감한다. 시는 '무엇' 이라 정의할 수는 없지만 '무엇은 시다' 라고는 말할 수 있는 〈언어와 비언어의 독특한 조합〉 형태로 존재한다. '개념 → 텍스트' 의 관계는 성립시킬 수 없으나 '텍스트+개념' 은 성립시킬 수 있는데, 좀 더 구체적으로 공식화 하자면 '(텍스트+감추어진 텍스트) → 개념' 이라 해야 할 것이다. '감추어진 텍스트' 란 외형으로서의 시작품들(*poems*)이 아닌 아우라(*Aura*)*로서의 시정(詩情, *poetic feeling, poesie*)을 말한다. 아주 내밀하고 고유한 세계로서 존재하는 시정(詩情)은 언어만으로는 완벽하게 붙잡을 수 없다. 따라서 누구든 '시는 무엇' 이라는 정의를 기반으로 그에 맞추어 언어를 조합하려 한다면, 그는 결코 시를 써내지 못할 것이다. 그저 시 비슷한 맥 풀린 언사만 꾸준히 복제하게 될 것이다.

저마다 자신이 다루는 재료*를 고유한 질감으로 승화시켜 나가는 예술가는 본질적으로 모두 시인이다. 의미와 활자를 주된 재료로 삼는 '좁은 의미의 언어' 를 다루는 시인들은 그 사실을 절대로 간과해서는 안 될 것이다. 작곡가나 연주자는 소리와 휴지(休止, *pause*)의 적절한 조합으로 시정

*예술작품에서 남이 흉내 낼 수 없는 고고한 '분위기' 를 뜻하는 말. 원본에서만 나타날 수 있다.
*마티에르Matiere가 재료라는 의미에서 점차 질감이라는 의미로 쓰임은 매우 자연스러운 결과이다.

을 표현하려 하고, 이 경우 작곡가나 연주자는 선율을 언어로 삼은 시인이다. 화가는 색채와 명암만으로 그림을 표현하지 않고 구도와 여백을 통해 단호하게 버릴 곳은 버리고 남겨둘 곳은 남겨두며 시정을 표현한다. 이 때 화가는 물감을 언어로 삼은 시인이다. 그와 같은 원리로, 애벌레가 나비가 될 수 있듯이 모든 사람은 저마다 시인의 가능성을 품고 있다. 하지만 표현의 폭이 가장 깊고 넓어질 수 있는 재료는 뭐니 뭐니 해도 〈의미와 활자〉이다.

우리는 훌륭한 시인들이 예외 없이 아주 치열하고 꾸준하게 하는 작업이 있음을 알고 있다. 그 작업 덕분에 그들은 자기 주변 혹은 자기 내면에 감추어진 시정을 예민하게 찾아내어 표현에 필요한 부분을 끄집어낼 수 있다. 시정을 찾는 데에도 그것을 형상화하는 데에도 그 작업은 소용 된다. 모든 사람이 시를 쓸 수는 있으나 모든 사람이 시인일 수 없음은 그 작업을 꾸준히 하는 사람이 드물기 때문이다. 그 작업이란 바로 〈끊임없는 재평가〉이다. 다시 보고 다시 들어보고 다시 맛보고 다시 만져보고 다시 냄새 맡고 다시 곱씹는 태도는 이미 '작품' 을 예비하고 있다.

사실 그러한 재평가 작업 때문에 시인들은 예술가다워질수록 점점 살아가기 힘들어질 수 있다. 시는 관념과 인식과 이미지와 시대상과 트라우마*와 관계와 자아와 언어 등 기존의 것을 재평가하려는 사람의 정신에 깃드는데, 거의 매순간 그러한 재평가를 거듭하며 사는 사람의 삶은 평화로울 수는 있어도 안락할 수는 없다.

*trauma. 외상성신경증(外傷性神經症). 신체적인 손상 및 생명을 위협하는 심각한 상황에 직면한 후 나타나는 지속적인 정신 장애. 보통 1개월 이상 지속되면 질병으로 취급한다.

그렇다고 그들이 불행한가 하면 꼭 그렇지만은 않다. 행복과 불행이 권력이나 경제력과 밀접하지 않은 것도 그들을 일반인과 분리 짓는 중요한 특성 가운데 하나이다. 대다수 시인들이 - 후원자가 있는 몇몇을 제외하곤 - 대체로 한 가지 생업을 더 가지고 산다. 그의 생업이 재평가 능력과 밀접한 연관이 있는 분야일 때 그들은 매우 탁월한 능력을 발휘하곤 한다. 물론 그들이 창작 외의 활동에는 시간을 좀처럼 쓰려 하지 않는다는 문제가 남아있긴 하지만.

문학작품을 낳는 재평가는 그 대상에 따라 다음과 같이 분류할 수 있겠다.

1. 관념의 재평가

대다수에게 저항 없이 받아들여진 관념이라 할지라도, 시인은 일단 그것을 타인의 주관으로 여기고 섣불리 수긍하지 않는다. 그는 무지개와 별을 누구나처럼 희망과 이상을 표현하기 위한 소재로 사용할 때보다 절망과 부조리를 표현하는 도구로 사용할 때 더 큰 성과를 거둔다. 그래서 그들은 가장 먼저 떠오른 빤한 관념을 비틀거나 구체화시키거나 전복시켜 새로운 관념으로 바꾸기를 즐긴다.

2. 인식의 재평가

시인은 인식을 발견하거나 발명함으로써 사회 속에서 밥값을 하는 존재인데, 재미난 점은 시인이 발견하고 발명한 인식을 전복시키는 것 또한 시인의 역할이라는 것이다. 시의 미래는 후대의 시인에 의해 시가 아닌 것이 되는 것이라고 말한다면 너무 가혹한 말일까? 좋은 시인은 빤해 보이는 관념을 재료로 삼을 때조차 그것에 새로운 의미를 부여하거나 그것들로부터 새로운 의미를 끄집어내어 창의적인 논리를 부여함으로써 낡은 관념을 새로운 관념으로 바꾸어 버린다.

3. 이미지의 재평가

첫눈에 보이는 것을 아무런 의심 없이 그대로 믿어버리는 사람은 예술이나 철학 같은 창조적인 작업에는 적합하지 않다. 특히 예술성과 철학을 동시에 요구하는 문학에는 더욱이 어울리지 않는다.

예컨대 나는 '새가 즐겁게 날고 있다' 고 말하는 일반적인 이미지 수용에 반발하여 '새는 허공을 찌르고 베고 할퀴며 난다' 고 쓸 수밖에 없었다.

4. 시대상의 재평가

권력자의 비리와 모순을 비판하고 조롱하는 일은 오랜 세월 여러 시인들이 해온 일이다. 권력자가 현혹하는 대로 대중이 저항도 비판도 없이 끌려 다니는 동안에도 어떤 시인은 최대한 눈을 밝게 뜨고 시대상을 재평가하려 든다. 그가 써내는 작품 속에는 경계와 저항이 가득하다.

시대상을 재평가한 작품은 기성의 가치관을 무조건 답습하지 않고 새로운 가치관으로 승화된 모습으로 세상에 태어난다. 그리하여 그 시는 일종의 예언이 되기도 한다.

5. 트라우마(trauma)의 재평가

정신질환을 치료하기 위해 상담자들이 중요하게 여기는 개념 가운데 초기기억(*First Memories*)이란 것이 있다. 잠재의식으로 깔려버린 영아(嬰兒) 시절이나 유년기의 기억을 일컫는 말이다. 까맣게 잊어버린 기억이 성격 형성에 지대한 영향을 주고, 그 시절에 받은 심리적 내상이 치유되지 않으면 정신병으로 발전한다고 한다. 습관이나 성격으로 치부해온 마음속 사정도 시에서는 재평가의 대상이어야 한다. 상처란 어떤 눈으로 보느냐에 따라 흉터가 되기도 하고 무늬가 되기도 한다.

6. 관계의 재평가

살다 보면, '그들은 그런 사이' 라고 알던 사이가 시간이 흐른 뒤에 전혀 달리 변하여 있는 경우를 왕왕 접하게 된다. 인간관계란 그렇듯 변할 수 있는 것이기에 불행한 것이고, 한편 같은 이유로 다행스러운 것이다. 사랑이 증오로 바뀌기도 하고, 증오가 다툼과 화해를 거쳐 사랑이 되기도 한다. 만약 시인의 눈이 이러한 관계를 융통성 있는 시각으로 보지 못한다면, 그가 써내는 작품은 늘 틀 속에 갇힌 듯 갑갑할 것이다.

7. 언어의 재평가

우리는 대화 도중에 "내가 말했잖아?" 하고 되묻거나 그렇게 되물음을 당할 때가 참 많다. 말을 했는데 어째서 기억 혹은 이해하고 있지 않느냐는 뜻의 되물음이다. 사람의 마음이란 참으로 야릇해서 본인은 남의 말을 귀담아 잘 듣지 않으면서도 다른 사람은 그냥 척 하면 척 하고 알아들어주길 바랄 때가 많다. (이 부분은 앞서 '언어를 통한 의사소통의 한계'와 '호모 에라투스'의 장에서 상세히 다루었다.)

글을 쓰는 이는 자신의 글이 상대의 주의를 충분히 끌었는지, 전달하고자 하는 내용과 분위기가 잘 어울렸는지, 핵심이 효과적으로 전달되었는지, 오해의 여지가 적어지도록 매듭을 잘 지었는지 따위를 두루 살펴야 한다. 그리고 나서조차 제대로 전달되지 않았을 가능성에 마음을 열어두어야 한다. 언어는 창조력만 있는 것이 아니라 파괴력도 있다. 나의 언어가 항상 창조적으로만 활용되고 있을 거란 믿음은 내버리는 편이 현명하다.

위의 여러 가지 측면에서 글쓴이의 다양하고 심도 깊은 재평가가 앞서 이루어졌을 때 작품 또한 다양성과 깊이를 지니게 된다. 그러한 글을 통해 개인의 고통스러웠던 기억과 두려움 따위 부정적인 감정이 새로운 시각으로 재해석되고, 역사와 문화 속에서 아무렇지 않게 받아들여 온 오류가 시정되기도 한다. 그리하여 문학은 이 세계에서 다른 어떤 것 못지않은 위대한 문화유산이 된다.

일기를 통한 글쓰기 훈련

글쓴이의 개성과 인간성이 가장 적나라하게 드러나는 곳은 일기, 즉 비밀스러운 기록이다. 군중 앞에서 리라나 거문고를 켜며 자신이 창작한 내용을 읊조리기보다 종이 위에 글을 적어 군중에게 직접 읽어 보라 전하는 형태를 주로 취하게 되면서 현대의 문학작품들은 〈누설된 혹은 고의로 누출한〉 일기의 성격을 띠고 있다.

오랜 세월 문학 속에서 운율이 차지해 온 위상을 이제는 객관적인 묘사와 주관적인 인상이 대신하고 있다. 현대의 문인은 리라와 거문고의 반주 대신 새로운 인식을 발견 또는 발명하고 그것을 함축하여 그려내는 것으로 소통의 기초를 삼는다. 이 때 함축은 화법의 문제이고, 화법은 결국 개성의 문제이다. 따라서 일기 쓰기의 습성을 되짚어 보며 인식 전개 습성을 검토하여 봄은 글쓰기 역량의 증대에 큰 도움이 될 것이다.

1. 일상은 결코 단조롭지 않다.

대한민국 초등학생 대상의 일기 교육 지침서는, 어느 것이나 예외 없이, 반복되는 일상을 일기로 쓰는 것을 막고 있다. '일기란 특별한 일을 적는 것' 이라는 얼토당토 않는 교육이념은 도대체 어디서부터 시작된 것일까? 이 교육지침은 국민의 정신건강을 위해서라도 반드시 시정되어야 한다. 날마다 특별한 일이 생기는 아이가 실제로 있다면, 그는 너무도 불행한 자기 삶의 무게에 짓눌려 일기 따위는 아예 쓸 여유도 없을 것이다.

자신의 일상을 세밀하게 되돌아보는 글쓰기는 새로운 것을 찾아내는 관찰력을 키워주고 자신의 안팎을 두루 살피는 습관을 길러주고 정황을 묘사하는 힘과 이야기를 이끌어가는 구성력 등 글쓰기의 기본을 다져준다. 그렇게 일상을 세밀하게 되돌아보기 시작하면 얼핏 보기엔 똑같아 보이는 하루하루가 사실은 서로 같지 않음을 깨닫게 되어 권태와 무기력에 사로잡힐 위험이 대폭 줄어든다.

관찰력과 문장력이 늘면 하루 전체를 상세히 적는 일에 너무 많은 시간이 들게 되므로 일과 전체를 적는 습관은 저절로 특정한 시간대와 장소를 선택하여 회고하는 습관으로 바뀌게 된다. 관찰력은 자의식에 함몰되거나 편집증 및 우울증에 빠지지 않는 데에도 큰 도움이 될 것이다. 새로운 것을 찾아내는 힘으로 일상을 새롭게 그려낼 수 있을 테니까.

2. '나' 가 등장하지 않는 글도 소중하다

초등학생 대상의 일기교육 지침서에 또 하나 빠지지 않는 것이, "일기는 나의 이야기니까 '나' 를 적지 마라"이다. 이것도 잘못된 지침이다. 우리말은 본래 그 특성상 문장에서 '나는' 을 빼야 자연스러워지는 경우가 많다. 일기가 나의 이야기라서가 아니라 원래 우리말의 특성이 그렇다. 그러나 내게 벌어진 이야기가 아닌 내가 보고 들은 이야기도 역시 '나의 이야기' 이며 훌륭한 일기감이다.

일기에 '나'를 꼭 집어넣을 필요는 없다. 보고 들은 것을 글로 적어도 그 안에는 이미 관찰자나 전달자 입장의 '나'가 충분히 반영되어 있다. 이미 지나가버린 사건을 다시 언급해 보는 것도 괜찮다. 똑같은 현상이나 이미지에 대해서도 그 반응은 시간에 따라 장소와 심리상태에 따라 각각 다르기 마련이다. 동일한 사건을 재차 다루어 글로 쓰다보면 글쓴이의 시야도 그만큼 넓어지지 않을까 싶다. (함께 공부하는 사람들이라면 비디오 등 매체를 통해 특정한 장면을 함께 보고 나서 그것을 적어 서로 비교해 보는 것도 좋은 방법이 될 것이다.)

자신의 내면이나 경험을 보여주는 능력도 소중하지만 '나'가 관찰자로 머무는 글쓰기 능력도 그에 못지않게 소중하다. 우리 일상을 생각해 보자. 사사건건 틈만 나면 자기 이야기를 하려는 사람은 아무래도 함께 소통하기가 껄끄럽다.

3. 직설적으로 토로한 글은 혼자 지니고 있자

임금님의 귀가 당나귀의 것처럼 길다는 사실을 알게 된 이발사가 그 비밀을 혼자 간직하다 끝내 병을 앓는다. 그는 지혜로운 사람의 조언을 받아들여 혼자 갈대밭에 가서 "임금님 귀는 당나귀 귀다!" 하고 크게 외친다. 신기하게 하룻밤 자고 나서 병이 낫는다. 우리가 다 잘 아는 전래 동화의 줄거리이다. 이 이야기 속의 이발사처럼 우리는 비밀이나 원망이나 죄의식이나 사랑의 고백 따위 억제된 것일수록 더욱 토해내고 싶어 한다. 이러한 욕구를 지닌 사람에게 일기는 이발사의 갈대밭 역할을 할 수 있다.

그러나 어떤 글이 문학작품으로 발전하기 위해선 직설적인 토로를 넘어서야 한다. 화풀이 성격이 강한 직설적인 토로의 문장은 타인에게 보여주는 것보다 한 자리에 모아 불태워 버리는 편이 후회가 없지 않을까 싶다. 직설적인 토로의 문장보다 이미지와 함축으로 거리감을 유지한 글이 오히려 독자와 더욱 잘 소통할 수 있음을 잊지 말아야 한다. 문학적 긴장의 효력은 돌팔매의 원리와 같다. 돌팔매질을 할 때 돌멩이에 끈을 묶고 몇 바퀴 돌리다 보면 팽팽한 원심력을 지닌 원을 그리게 된다. 그 원심력이 극대화 되었을 때 손을 놓으면 그렇게 날아간 돌은 그냥 팔만으로 던진 돌과는 비교할 수 없는 파괴력을 지니게 된다.

문을 걸어 잠그고 쓴 자신의 일기가 지속적으로 직설적인 토로로 일관하고 있지는 않은지 검토해 보자. 혹시 자신의 평소 글쓰기에 그러한 습관이 녹아들어가 있지는 않은지.

4. 지나간 일을 회고하고 재평가하자

지나간 일에 대한 재평가도 그날 벌어진 중요한 사건이다. 인간은 당장 눈앞에서 벌어진 일에 대해서는 대체로 반사적이라 할 만큼 자기변명을 둘러대지만, 이미 지나가 버린 일에 대해서는 그렇지 않을 때가 많다. 지나간 일을 오늘의 시점에서 되살려 재평가하는 글쓰기는 글의 격조를 높여준다.

내 경우 지난 시절 미숙했던 인식으로 받아들였던 마음의 상흔을 성인이 되어 냉정하게 다각적인 측면에서 되짚어 보는 글쓰기가 큰 도움이 되고 있다. 뜻밖에 과거엔 아주 사소하게 취급했던 사건이 오늘날 내 성향을 좌우하고 있음을 깨닫고 놀랄 때도 많다. 인간은 지극히 사소해 보이는 사건을 통해서도 치명적인 상처를 입을 수 있는 존재이다. 역설적으로 말하자면, 아무리 사소해 보이는 것이라도 결코 사소할 수 없다.

시적인 표현은 수사학적인 성공에서 비롯되는 경우보다 글쓴이의 인식이 그 사람 특유의 화법을 통해 함축되어 나오는 경우가 훨씬 많다. 일기 쓰기의 습성을 네 가지 측면에서 검토해 본 목적도 거기 있다. 특별한 것을 찾아 먼 곳을 찾아나서는 '파랑새 찾기' 보다는 그 자리에서 인식의 습성을 바꾸어 대상을 달리 볼 줄 아는 편이 낫다는 확신 때문이었다. 일기를 퇴고의 대상으로 삼아보자. 꾸준히 일기를 쓰는 사람은 자신도 의식하지 못한 사이 점점 문필가다워지고 있다고 말할 수 있다.

미니 에세이 장르의 필요

현대적인 장르 구분을 존중했을 때, 시로 보기엔 이미지나 사유의 함축이 부족하지만 어느 정도 율격은 갖추고 있고 아포리즘처럼 단조롭지 않으면서 수필의 요소를 모두 갖춘 글들이 십 수 년 전부터 우리 문단에 시라는 타이틀을 달고 쏟아져 나오고 있다. 아무렇지 않게 시로 분류되기는 하지만 엄밀하게 말해 시로 보기 어려운 글들이다. 생활에서 얻은 깨달음을 표현할 때나 현실 참여적인 관점에서 주장을 펼치는 내용의 작품 속에서 그런 현상이 더 자주 눈에 띈다.

그래서 나는 이제 그와 같은 글을 사사로이 미니 에세이 또는 미닛세이(minissay)라 부르려 한다. 콩트라고 부르기도 어려울 만큼 짧은 픽션은 이미 꽤 오래 전부터 그것을 '미니픽션(mini fiction)' 이라 부르는 사람들이 있어왔다. 그러니 짧고 시적인 에세이를 미닛세이라 불러 독립시키지 못할 까닭도 없겠다.

미닛세이는 산문에 시정과 약간의 율격을 갈무리해 넣은 짧은 에세이이거나 시를 건축하기에 앞서 그린 에스키스(밑그림)이다.

오해하지 말라. 그런 글을 폄하할 생각으로 이런 제안을 하려는 건 절대로 아니다. 시가 아닌 글이라 해서 그 담고 있는 정신이 시보다 못하란 법도 없다. 어느 시 못지않게 깊이 있는 사유와 아름다운 문체로 빚어진 산문은 얼마든지 있다. 중요한 것은 외형이 아니라 본질 즉 정신이다.

문제는 왜 굳이 시이고 싶어 하냐는 거다. 자신에게 잘 맞는 형상을 미처 찾아내지 못한 질료는 임시로 큰 그릇에 담아두는 것이 옳다. 무리하게 기성의 형식 가운데 하나를 찾아 거기에 끼워 넣으려 하면 탈이 나기 쉽기 때문이다. 이 경우에 에세이의 포용력과 유연성이야말로 가장 큰 그릇다운 힘을 발휘한다. 설령 시를 염두에 두며 썼다가 끝내 시가 되지 못한 글이라 하더라도 그것이 온전한 구성을 갖추고 있다면, 그는 그 자체로 한 장르를 이룰 가치가 있다고 믿는다. 시란 즉흥으로 나올 수도 있고, 하룻밤을 꼬박 새운 끝에 완성될 수도 있으며, 몇 년에 걸쳐 건축될 수도 있다. 따라서 그것을 성급하게 시로 발표하려 들지 않고 먼저 짧은 에세이로 시정과 중심이미지를 단단히 구축해 놓는 것은 매우 좋은 습관이라 하겠다.

나의 이러한 시도는 비록 사사로운 것이긴 하나 어쩌면 시인들의 불만을 살 수도 있겠다. 1993년 이후 그 동안의 문단 경험을 통해 내가 본 바로, 우리나라에는 '문학의 장르 가운데 최고 우위에 있는 것은 시이다' 라는 믿음을 아전인수 격으로 받아들이는 시인들이 꽤 많다. 그들은 그러한 믿음을 '시가 가장 우위에 있으므로 시인이 문인 가운데 가장 우위에 있다' 는 논리로 비약시키려 든다. 그러나 시인이 최고라는 논리는 〈시인은 시 말고도 소설이나 수필이나 희곡 가운데 적어도 한두 가지는 능수능란하게 쓸 수 있는 문필가〉라는 조건이 성립될 때에 한하여서만 참이 된다. 그러나 오늘날 우리 문단의 현실은 어떤가? 소위 시인이란 사람들이 써낸 산문에서 과연 최고다운 일면이 보이고 있는가?

어쩌면 이미 오늘날 일반인의 눈에 비친 시인이란 '알듯 말듯 한 글을 즐겨 쓰는 괴팍스런 문인' 혹은 '짧은 수필을 전문으로 쓰는 글쟁이' 일지도 모른다.

〈문학적 활동을 마치 절대에의 어떤 침투로, 그 성과를 어떤 계시로 생각하는〉 사람들이 우리 주변에도 있을 것이고, (그들은) 이러한 엄숙한 태도가 시인이 가져야 할 유일한 태도라고 생각하고 있을 것이지만 그것은 잘못이다. – 김춘수

현대 문학비평에 대한 소고

많은 비평가들이 지금 이 시각에도 여전히 고대 로마의 대중과 21세기 문명사회의 대중을 동일시하는 글을 발표하고 있으며, 그러한 현상이 자연스럽게 정화되기는커녕 더욱 심화되고 있음에 대해 놀라움과 실망을 금할 수 없다. 문학 분야도 마찬가지이다. 그러나 어떤 위치에 있는 비평가이든 베스트셀러 현상을 만들어내는 소년소녀와 유한마담을 현대의 대중으로 생각하고 있다면 그것은 실로 어마어마한 오판이다.

예술창조란 완성품을 낳는 작업이 아니라 무언가를 완성시키는 활동이다. 창작자의 마음은 〈타인의 눈에 비친 제 그림과 타인의 귀에 들리는 제 음악과 타인의 심장에 닿는 제 의미가 어떠한지〉에 대해 늘 궁금해 하고 불안해 할 수밖에 없다. 따라서 창작자에게는 비평해주는 사람이 필요하다. 그러나 일반인의 독서 성향과 지나치게 동떨어져 있는 독법을 비평의 도구로 사용하고 있는 사람이 창작자의 작품에 대해 자기가 신봉하는 이론의 잣대를 들이대고 왈가왈부하는 모습을 보노라면, 유럽 신화에 등장하는 프로크루스테스(*Procrustes*)가 손님을 자기 침대에 눕혀 놓고 그의 다리를 자르거나 늘여서 죽이는 장면이 연상된다.

독자는 창작자와 다른 상황에서 창작 의도를 크게 염두에 두지 않고 텍스트를 접한다. 더욱이 독자는 고스란히 읽지 않고 고쳐가며 읽는다. 독자가 작가의 의도대로 이해하고 공감해 줄 거라 생각하면 오산이다. 하나마나한 이야기지만, 같은 사람이 같은 텍스트를 접할 때라 할지라도 감정, 기분, 지식 등 내면의 상태는 물론 기후, 인간관계, 직업 등 외부 상황에 따라 감상의 여건이 다른 것이다. 어떻게 눈길을 끌고 어떻게 마음이나 생각을 힘 있게 전달하고 어떻게 긴장감 또는 여운미 있게 마무리하는지에 대한 기본적인 언급 없이 '누구의 무슨 이론에 의하면' 하는 식으로 내용의 측면만 분석하는 해설방식은 텍스트와 독자 간의 친화에 별로 도움이 되지 않는다. 특정한 종교를 믿느냐 안 믿느냐로 상대방의 인간성을 평가하려 드는 광신(狂信)과 다를 바 없다.

수준 높은 미식가는 평범한 미각을 이해하면서도 갖가지 음식의 미묘한 차이를 분별해 내지만, 어설픈 미식가는 미각이 둔해져 입맛이 까다로워진 사람에 불과하다. 비평가도 마찬가지이다. 지식은 사람의 마음을 교만하게 하여 자칫 그의 눈을 사시나 근시로 만들 수 있다. 시야가 맑고 넓은 비평가는 서툰 글에서조차 미적 요소를 찾아낼 수 있지만, 편협하며 훈련이 덜된 비평가는 오로지 작품의 흠결에만 정신이 팔린다. 그러한 저급한 비평가들은 힘을 얻고 나면 십중팔구 당대의 대중을 다시금 고대 로마의 대중처럼 취급하려 든다. 그러나 정작 현실 속에서 천대 받고 무시당하는 것은 그들이다. 그들은 스스로 높은 곳에 올라 있다고 생각하지만 사실은 광대이며, 스스로 임금이라 생각하지만 사실은 거지이며, 스스로 의사라 생각하지만 사실 앞이 보이는 사람이라면 누구라도 기겁을 하고 도망칠 만한 문둥병자이다. 현대의 대중은 이제 더 이상 지식인의 거드름 앞에 머리를 숙이지 않는다.

어느 예술에 있어서나 비평가는 창작물에 대한 감상자의 다채로운 감응 현상을 다각적인 측면에서 검토하고 진단함으로써 그것을 체계 있게 해명하고 전망하며 때로 경계하는 입장에 서야 옳다. 비평가들이 창작자들에 대해 열등감에 가까운 겸손한 태도를 지니는 편이 사회와 문화를 위해 이롭다. 하지만 현실은 그와 반대일 때가 많다. 인간성과 인간사회의 다른 여러 가지 측면들이 복잡하게 작용하는 까닭이겠다. 그렇다고 창작자들이 스스로 자기 작품에 대해 냉정해져서 더 나은 창작을 위해 동업자들의 비평을 자발적으로 구하느냐 하면 현실은 별로 그렇지 못할 때가 더 많다. 물론 다 그런 것은 아니지만 내가 겪어보니 대체로 그렇더란 말씀이다.

이는 창작하는 사람의 입장에도 그대로 적용되어야 한다. 자신의 인식이 일반인보다 과연 앞서 있는지, 채 무르익지 않은 인식을 선율과 이미지의 힘을 빌려 독자에게 강요하고 있지는 않은지, 스스로 택한 도입부와 전개방식이 독자의 주의를 끌기에 적절한지, 성급한 토로로 독자의 호흡이 끼어들 자리를 메워버리고 있지는 않은지, 정확한 지식을 바탕으로 인식을 세웠는지 등등 독자를 고려하고 나아가 그들을 뛰어넘는 혜안을 발휘하는 데에 있어 결코 비평가들보다 뒤떨어져선 아니 된다. 독자는 태작에 대한 책임을 비평가에 묻지 않고 작자에게 물을 것이기 때문이다.

'잃어버린 시간을 찾아서'를 탈고한 프루스트는 어느 잡지에 자기의 이 위대한 소설에 대한 중요한 논문이 실리기를 바라고 있었다. 그런데 그는 그것을 쓰는 데 가장 적절한 사람은 자기 말고는 없다 생각했다. 프루스트는 손수 그 논문을 썼다. 그러고 나서 그는 친구인 젊은 문인에게 그 친구의 이름으로 그 논문을 편집자에게 부쳐달라고 부탁했다. 청년은 그의 부탁대로 해주었고, 2,3일 후에 편집자가 그를 불러 정중히 말했다.

"당신의 논문은 훌륭하지만 우리는 그것을 거절하지 않을 수 없습니다."

편집자는 이어서 말했다.

"이 작품에 대해서 이렇게 냉담한 비평을 싣는다면 마르셀 프루스트가 결코 저를 용서하지 않을 테니까요."

자기 작품에 대해서 가장 못마땅해 하는 사람이 바로 자기 자신이 아니라면, 설령 그가 숱한 문학상에 빛나고 비평가들의 찬사에 에워싸여 있는 자라 할지라도 그는 습작생에 불과하다.

공자님과 함께 쓴 한시(漢詩) 한 수

學而不思則罔 (학이불사즉망)

思而不學則殆 (사이불학즉태)

思而不休則弊 (사이불휴즉폐)

休而不思則腔 (휴이불사즉강)

1, 2행은 공자님 말씀이고,

3, 4행은 운을 맞춰 이어 쓴 것이다.

해설하면 다음과 같다.

배우기만 하고 사색하지 않으면 어두워지고,

생각만 할 뿐 배우지 않으면 위태로운 법.

쉬지 않고 생각만 하다간 피폐해지기 쉽고,

쉬기만 하고 사색하지 않으면 속이 비나니.

2. 이니셜(initial)로 익히는 문예창작

About이 되어야 With도 된다

글 쓰는 이의 PCS(Place+Character=Scene)

발상 : Something Special

발상 : 거미사자

묘사 : P.R.E

묘사 : 5W2H로 장면 채우기

구성 : 풍선불기

구성 : 문득, 곰곰, 다시

퇴고 : PUFF 또는 MUFF

퇴고 : NTBS(Not Telling But Showing)

퇴고 : 첫줄의 덫, 첫인상의 함정

삼선다(三繕多)

About이 되어야 With도 된다

세상의 모든 글은 'About ~' 이거나 'With ~' 이다. 글이란 적어도 누구 또는 무엇에 대한 글이 아니면 누구 또는 무엇으로 쓴 글일 수밖에 없다. 나무에 대해 쓴 글이 있는가 하면 나무를 활용해서 쓴 글이 있고, 사랑에 대해 쓴 글이 있는가 하면 사랑을 활용해서 쓴 글이 있다. 그런데 이즈음 글을 쓴다는 사람들 다수가 '~에 대해'를 가볍게 여긴 채 '~으로'에만 치우치는 것 같아 보기 안쓰럽다.

문학이 문학다워지기 위해선 인식이 필수라는 말에 반박할 작가나 평론가는 없을 것이다. '그냥 아는 것으로 그치지 않고 그 앎에 깨달음이 얹힌 것'이 인식이다. 좀 딱딱하게 표현하자면, 지식에 분별과 판단이 더해진 것이 인식이다. 그러니 지식과 사유 없는 인식은 불가능하다 하겠다. 지식이 무엇인가? 무엇에 대해 '얼마큼' 아느냐이다. 사유는 무엇인가? 무엇에 대해 '어떻게' 생각하느냐이다. 인식의 폭과 깊이는 지식과 사유에 비례한다. 얕은 물에 큰 물고기가 살 수 없듯이 지식과 사유가 부족한 작가에게서 인식의 지평이 크게 넓혀진 작품이 나올 수 없다.

예를 들어, 자연에 관한 지식이 부족한 작가는 문학작품 속에 별의별 희귀한 돌연변이들을 다 만들어 놓는다. 찔레꽃은 빨갛고, 개구리의 몸에선 김이 모락모락 피어오르고, 갈대가 산과 들에서 자란다. 지식이 잘못

되어 있으니 그것을 뿌리로 삼아 태어나는 인식이 바를 리 없다. 다른 예로, 죽음에 대해 깊이 생각해 본 적이 없는 작가는 등장인물의 죽음을 그저 스토리 전개의 극적인 요소로밖에는 다룰 수 없을 것이다. 그렇게 쓰인 작품은 설핏 보면 그럴 듯해 보이지만 들추고 파헤쳐 보면 속이 텅 빈 모형물 같다. 인식의 부족함을 감추기 위해 난해함으로 치장하지만 현대의 대중은 결코 그 옛날의 대중처럼 호락호락하지 않다.

장르를 막론하고 '대해서'와 '으로' 두 가지 측면 모두 개성 있고 깊이 있게 잘 다루어진 글이 이상적이겠으나, 장르의 특성상 에세이는 '~에 대해'에 치우치고 시와 소설과 극본은 '~으로'에 치우치기 마련이다. 따라서 본격적인 글쓰기에 착수하기 전에 쓰고자 하는 내용과 연관된 길고 짧은 에세이를 여러 편 써보는 것이 그렇게 하지 않는 것보다 장차 수준 높은 작품을 낳을 확률이 높다.

교육현장에서 늘 겪는 일인데, 독서와 사색이 부족한 학생들은 인식력이 잘 자라지 않으며 기교의 성장도 빨리 멈춘다. 만약 그들이 대학에 들어간 뒤에도 독서와 사색을 게을리 한다면 글쓰기를 업으로 삼는 분야에서 제 역할을 다하며 생활하기 어려울 것이다. 훈련을 맡은 선생으로서 그들이 백일장에 입상하고 대학입학 실기시험에 합격할 수 있도록 도울 수는 있으나 그 뒤에 궁극의 목표를 이루는 것은 철저히 그들 자신의 몫이라 하겠다.

[덧붙임] 이즈음 나는 위선의 속성이 잘 드러난 시나 소설을 쓰고 싶다.

그래서 그에 앞서 다음과 같은 에세이를 한 편 써두고 틈나면 꺼내서 읽으며 첨삭을 해두곤 한다. 설령 내가 직접 쓰지 못한다 해도 나보다 감각이 뛰어난 다른 이가 나를 대신하여 훌륭한 비유와 장면으로 위선의 속성을 드러내주었으면 하는 바람도 있다. 읽어보면 알겠지만 에세이는 글의 문체나 형식보다 사유의 흐름이 더 중요하다.

위선은 조금 순한 눈으로는 알아채기 힘든 얇은 막과도 같다. 따라서 위선의 막을 두르고 있는 사람을 한 눈에 알아보기란 매우 어려운 일이다.

그는 한껏 선한 웃음으로 상대를 끌어들이지만 막상 상대의 애정을 받기 시작한 뒤부터는 철저히 상대를 이용한다.

그는 상대의 고충을 이해한다고 말은 하지만 결코 상대의 고충을 이해하고 있지 않다.

그는 세상을 떠돌아다니는 숱한 언어를 남을 설득하기 위해 사용하려 하지만 자신을 돌아보는 데에는 사용할 줄 모른다. 그래서 그에겐 항상 말과 행동의 불일치가 생겨난다. 어수룩한 사람은 그의 말에 잠시 힘을 얻었다간 그렇게 이룬 관계 속에서 점점 시들어간다.

위선은 난폭해 보이진 않지만 난폭함보다 커다란 파괴력을 지니고 있으며 융통성이 있어 보이지만 본질은 매우 완고하다. 이러한 모순된 속성 때문에 위선을 쉽게 분별하기란 실로 어려운 일이다.

그는 자신의 이익을 위해서 상대를 독려하지만 상대가 떠나려는 태도를 보이면 재빨리 자신의 기득권을 이용해 계산한다.

위선은 스스로 책임지기보다 타인에게 책임을 떠넘기려들며 언제나 자신을 옳은 사람으로 평가한다. 이천여 년 전 예수를 죽게 만든 종교 지도자들은 위선의 좋은 예이다. 오늘날 세계인이 보는 TV 앞에 궁색한 구실을 늘어놓는 전쟁 수행자들은 어느 쪽이든 우리 눈앞의 위선자들이다. 힘들고 지친 사람들을 외면하면서 그 외면의 구실을 능숙하게 찾아 오히려 힘들고 지친 사람의 무능을 탓하는 지휘자 또한 위선자이다. 그러한 위선의 끝은 모두가 떠난 자리에서 자신은 그래도 옳았다고 자부하는 것이다.

그의 영혼을 덮고 있는 얇은 막은 타인은 물론 자신마저 속이기 위한 얇음일 뿐 실상은 매우 질긴 막이다. 위선은 그렇게 능숙한 속임수를 그 본질 속에 지니고 있다. 위선은 결코 어떤 상대이든 사랑할 줄 모르고 자기 자신조차 이기심으로 대할 뿐이다.

국민의 존경을 받지 못하는, 또는 그와 반대로 비정상적이리만치 광적인 지지를 받는 대통령… 직원의 존경을 받지 못하는 사장… 학생의 존경을 받지 못하는 선생… 자녀의 존경을 받지 못하는 부모… 인간은 누구나 하루에도 여러 차례 잘못을 저지르는 법인데 위선자는 자신은 예외인 줄 안다. 그렇게 혐오스러운 인간이 되지 않으려면 위선의 얇지만 질긴 막이 영혼 전체를 덮기 전에 자신을 냉정히 돌아보아야 한다.

'제단에 예물을 바치기 전, 다툰 상대와 화해하라' 는 말은 위선으로부터 자유로울 수 있는 유일한 길이 반성임을 알려주는 말이다. 위선에 대한 반성에 예외가 될 수 있는 사람은 없다. 따라서 그는 언제든지 당신 또는 나일 수도 있겠다.

전쟁이 벌어지고 전쟁의 위험이 도처에 있다.

아무 도움도 줄 수 없는 곳에 살면서 저 먼 곳에서 죽어가는 어린 생명들을 생각하면 자꾸만 미안해진다.

자꾸 미안해지고 자꾸만 눈물이 난다.

– 에세이 '위선에 대하여' 전문

글 쓰는 이의 PCS

늘 휴대하고 다닐 수 있는 휴대폰이나 호출기 따위의 이동통신서비스를 그냥 이니셜로 PCS라 줄여 말하기도 한다. 그런데 그 PCS 말고 문인을 비롯하여 글공부를 하는 모든 사람이 늘 휴대하고 다녀야 하는 또 하나의 PCS가 있다. *Place*(장소)와 *Character*(캐릭터)와 *Scene*(장면). 작가는 자신 있게 묘사할 수 있는 장소와 캐릭터가 많아야 하고, 또한 언제든지 떼어내고 뒤섞어가며 사용할 수 있을 만큼 잘 다룰 수 있는 장면이 많아야 한다.

1. Place(장소)

자주 접하는 곳, 자주 보기는 어려우나 인상에 남는 곳, 맘에 드는 그림이나 사진 따위를 글로 적어 놓자.
다음은 미국의 여성작가 트레이시 슈발리에의 작품 '진주 귀고리 소녀'에 들어있는 묘사이다.

한 여자가 탁자 앞에서 옆모습을 보인 채 벽에 걸린 거울을 보고 있었다. 여자는 흰 담비 모피로 가장자리를 댄 아주 고급스러워 보이는 노란 공단 망포를 입고, 머리에는 요새 유행하는 다섯 가닥의 빨간 리본을 맸다. 왼쪽 창에서 들어오는 빛이 여자의 이마와 코에 섬세한 곡선을 그리며 얼굴을 거쳐 아래로 떨어지고 있었다. 여자는 목에 건 진주 목걸이에 리본을 묶고 있었는데, 리본을 잡은 두 손은 허공에 정지해 있었다. 거울 속 자신의 모습에 넋을 잃은 듯, 여자는 누군가 자신을 보고 있다는 사실을 의식하지 못하는 것 같았다. 배경이 되는 밝고 하얀 벽에는 낡은 지도가 한 장 걸려 있었고, 그림 앞쪽 어두운 부분에는 내가 청소했던 편지며 파우더 붓, 그리고 그 밖의 물건들이 놓인 탁자가 보였다.
– 트레이시 슈발리에 '진주 귀고리 소녀' (양선아 역)에서

영화화된 소설 '진주 귀고리 소녀'에는 네덜란드 화가 얀 베르메르(1632~1675)의 그림을 묘사한 문장들이 그득하다. 트레이시 슈발리에는 상상력을 절묘하게 발휘하여 베르메르가 남긴 그림들을 자기 이야기 속의 주요 장면들로 활용했다.

저는 가본 곳이 별로 없어서요, 하지 말고 정히 본 곳이 별로 없으면 트레이시 슈발리에처럼 화보집이나 사진집을 이용해서라도 자신 있게 묘사할 수 있는 장소를 넉넉히 휴대하도록 하자. 테이블 밑, 지하실, 가방, 옷장, 서랍, 화장실 등도 좋은 소재이다.

2. Character(캐릭터)

식구를 비롯하여 친척, 친지, 친구, 선생님 등 주변 사람은 물론 지하철이나 길에서 보는 사람들이 하는 말과 행동을 동영상을 찍듯 그 개성이 드러날 수 있게 글로 적어 보자. 사람이 아니어도 좋다. 애완동물이나 영화 속의 주인공들도 좋은 소재이다. 캐릭터는 정확히 바꿀 수 있는 한국어

낱말이 없다. 성격이 있는 존재는 다 캐릭터이다. 굳이 말을 만들자면 '성격자' 나 '성격물' 정도?

세계문학사에 캐릭터 묘사의 꽃이랄 수 있는 작품은 세르반테스의 '돈키호테' 가 아닐까 한다. 다음은 돈키호테가 포도주가 담긴 가죽자루에 칼을 휘두르는 장면이다.

속옷 차림의 돈키호테는 기름기가 많아 찐득찐득한 주인의 붉은 모자를 머리에 쓴 채 왼팔에 침대 모포를 감고 있었고, 오른손에 든 칼을 미친 듯이 휘두르고 있었다.
놀라운 것은 그가 눈을 감고 있다는 사실이었다. 그는 미코미콘 왕국에서 거인을 상대로 싸우는 꿈을 꾸고 있었던 것이다. 돈키호테는 마치 거인의 목을 자르기라도 하듯 가죽자루를 마구 내리쳤다. 방안은 온통 포도주로 흥건히 젖고 말았다.

— 세르반테스 소설 '돈키호테' 에서

다음은 최인석의 소설 '철로는 밤에도 반짝인다' 에 등장하는 인물묘사이다.

병호는 어차피 24시간 근무에서 해방되어 비번이 되는 것입니다. 그러니, 마감 업무가 바쁠 것은 없었습니다. 병호는 돌아서서 그 사람을 바라보았습니다. 노인이었습니다. 몸집은 제법 듬직했으나 등이 조금 굽어 있었습니다. 환한 불빛 아래 드러난 노인의 얼굴은 털을 벗겨 내다만 짐승의 살가죽처럼 민망한 몰골이었습니다. 아니, 참혹한 모습이었습니다. 얼굴에는 수염이 덥수룩

했습니다. 수염이라기보다는 털이라고 해야 할 것 같았습니다. 지저분한 털이 코밑과 턱 그리고 양쪽 뺨에 뒤덮여 있었습니다. 수염에 서렸던 입김이 얼었다가 따뜻한 실내로 들어서자 녹은 것인지 수염에는 물방울 같은 것이 지저분하게 맺혀 있었습니다. 수염도 머리칼도 거의 백발에 가까웠습니다. 얼굴은 주름살투성이였고 더러웠습니다. 눈가에는 오래 된 눈곱이 시커멓게 달라붙어 있었으며, 새로이 눈꼬리에서 축축한 눈곱이 밀려나오고 있었습니다. 그 눈 속에 검은 눈동자가 병호를 살펴보고 있었습니다. 눈은 큰 반면 눈동자는 너무 작아 어딘가 한 정신이 나간 듯한 꼴이었고, 그 흰자위에서는 실핏줄이 터져 나와 두 눈 전체가 시뻘겋게 충혈 되어 있었습니다. 주름살로 뒤얽힌 좁은 이마에는 피딱지가 붙어 있었습니다. 두툼한 혹이라도 하나 덧붙인 듯 터무니없이 큰 코끝에도 피딱지는 붙어 있었습니다. 꼭 술에 취해 다니다가 땅바닥에 얼굴이라도 갈아붙인 듯한 몰골이었습니다. 누비잠바와 작업복 바지를 입고 있었는데, 지금은 잠바도 바지도 거무스레한 색이었습니다. 잠바 전체에는 얼룩덜룩 검거나 흰 얼룩이 묻어 있었고, 바지의 무릎께는 툭 불거져 나와 허옇게 때에 뒤덮여 있었습니다. 잠바는 주머니께가 찢어져서 안에서 허연 속감이 비어져 나와 있었으나, 그 역시 때에 절어 들어가고 있는 중이었습니다. 그 노인은 손에 커다란 비닐가방을 들고 있었습니다. 옆 주머니 지퍼는 고장이 나서 그냥 열려 있었고, 그 주머니 밖으로 걸레인지 수건인지 모를 타월 한 장이 비죽이 비어져 나와 있었습니다.

– 최인석 소설 '철로는 밤에도 반짝인다' 에서

묘사가 잘 되어 있는 글을 읽다 보면 점점 그 대상과 나의 오감(五感)이 상호작용을 하는 느낌이 든다. 그리하여 마침내 그 대상이 내 곁에 가까이 있는 느낌이 든다. 스토리 구상이 잘 되지 않을 때 캐릭터를 구체적으로 묘사하다 보면 저절로 이어서 쓸 이야깃거리가 떠오르기도 한다. 개성이 강한 캐릭터를 여럿 곁에 둔 작가는 믿음직스러운 연기자를 넉넉히 확보한 연출자에 비할 만하다.

3. Scene(장면)

장소에 캐릭터가 있으면 반드시 하나 이상의 장면이 생겨난다. 장면은 상황(*situation*)이기도 하다. (*PCS* 공식이라 해야 할까?)

$$Place + Character = Scene(Situation)$$

작가가 상상 속에서 캐릭터를 특정한 장소에 던져 넣으면 그때부터 캐릭터는 스스로 이야기를 만들어간다. 캐릭터를 장소에 던져 넣는 일이 설정의 역할을 하는 셈이다.

돈키호테를 쓴 세르반테스는 어땠을까? 나는 그가 작품을 쓰기에 앞서 꼼꼼하게 플롯을 짰을 거라고 생각하지 않는다. 아마도 그는 이야기의 결말조차 미리 정하지 않았을 것이다. 세르반테스는 일단 중세 기사도에 미친 중늙은이 캐릭터를 창조하고 나서 그 캐릭터를 자기가 잘 묘사할 수 있는 여러 장소로 끌고 다녔다. 돈키호테가 풍차 앞에 서면 어떤 생각을 하며 어떤 짓을 할까? 만약 싸구려 여관에 온다면? 포도주를 담은 자루를 본다면? 그런 식으로 생각했을 것이다.

작가는 자기가 다룰 수 있는 캐릭터들을 자기가 다룰 수 있는 장소에 던져 넣어 서로 사랑하게 돕는 뚜쟁이이자 서로 미워하게 훼방을 놓는 이

간쟁이기도 하다. (나는 이런 요령으로 소설을 짓는 것을 뚜쟁이 작법 또는 이간질 작법이라 부른다.)

또한 작가는 굳이 애써 캐릭터를 어느 장소에 던져 넣는 수고를 하지 않아도 장면을 수집할 수 있다. 우리가 사는 세상은 사방으로부터 온갖 사건 소식을 접할 수 있는 곳이다. 뉴스를 보고 신문기사를 읽고 사람들 사는 모습을 보다 보면 인상적인 장면이 시쳇말로 파노라마처럼 밀려온다. 더구나 현실은 소설보다 더욱 소설 같다. 글감이 없다고? 게으른 것이 아니라?

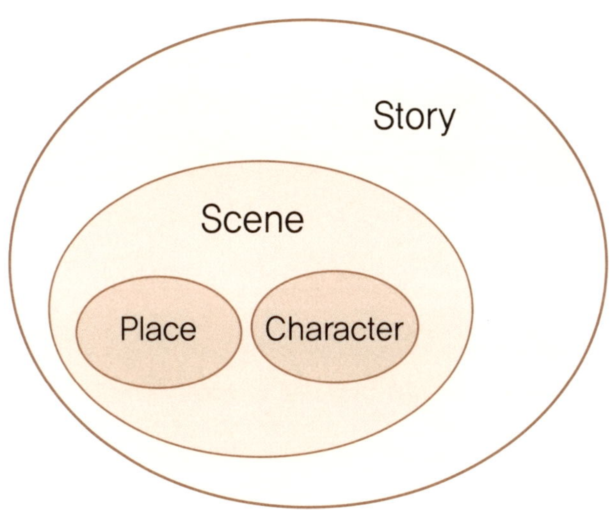

발상 : Something Special

"백일장에 나가서 주제나 소재를 받으면 빤한 생각만 떠올라요."

"어떻게 다들 그렇게 기발한 발상을 하는지 모르겠어요. 아무래도 저는 예술적인 감각이 모자라나 봐요."

"묘사는 자신 있는데 발상이 너무 밋밋해서 걱정이에요."

해마다 학생들에게서 듣는 이야기이다. 아이나 어른이나 똑같은 고민을 털어놓는다. 시인 및 작가들이 쓴 글을 읽다 독자이자 습작생으로서 주눅 드는 부분이 한두 가지가 아니지만 특히 발상은 어쩐지 천재의 몫 같다고들 말한다. 그럴 때마다 내 대답은 늘 똑같다.

"그건 말이죠. 여러분이 정상적인 인간이기 때문이에요."

그렇다. 어떤 주제나 소재를 마주 대할 때 머릿속에 빤한 생각부터 떠오르는 까닭은 내가 미친 사람이 아니기 때문이지 창의성이 부족하여서가 아니다. 다만 그 지극히 정상적인 첫 번째 생각에 굴복하고 마는 데에 문제가 있는 것이다. 소질보다는 근성과 기질의 문제라는 이야기다.

누구나 할 수 있는 대표적인 발상법은 그 소재 앞에 '또 하나의'를 넣어서 생각해 보는 것이다. 또 하나의 촛불, 또 하나의 그림자, 또 하나의 지우개, 또 하나의 심부름센터, 또 하나의 비빔밥 등. 사전에 쓰여 있는 일반적인 의미에다 글을 쓰는 내가 부여한 또 하나의 새로운 의미를 섞어 보자. *Something Special!*

2008학년 안양예술고등학교 문예창작과 실기시험 주제는 '우리 동네에는 (   )이 많다'였다. 괄호 속에 응시자가 스스로 소재를 집어넣어 작품을 써야 하는 것이었다. 내가 훈련시킨 아이는 괄호 속에 '그림자'를 넣었는데, 나중에 복원하여 제출한 원고를 읽어보니 어떤 동네에 사는 그림자 같은 사람들의 이야기였다. 폐지를 줍는 할머니, 여러 해 고시에서 낙방한 청년 등 이웃의 주목은커녕 따뜻한 시선조차 받지 못하는 존재감 없는 사람들이 등장했다. 그들이 등장할 때마다 아이는 그들의 그림자를 같이 등장시켰다. 그림자의 일반적인 의미와 스스로 부여한 의미를 서로 자연스럽게 결합시켰다. 결과는 합격.

시제가 '지우개'인 어느 백일장의 운문부문 장원은 청소부를 노래하고 있었다. 시제가 '발'인 어느 백일장의 산문부문 장원은 의족을 화자로 내세워 글을 전개했다. 시제가 '지갑'인 어느 백일장의 운문부문 장원은 〈아마존 지류를 흐르던 악어가 주머니로 들어왔다〉로 첫 문장을 시작해서 〈허기진 악어의 가죽이 점점 내 살점에 눌러 붙는다〉로 끝나는 작품을 써냈다. 더욱이 기성 문인의 작품에서 예를 찾자면 끝이 없을 것이다.

시인과 작가는 평생에 걸쳐 자기만의 사전을 만드는 사람들이다. A를 남들처럼 A로만 보질 않고 B로 C로 Z로도 보려는 사람들. 바로 그들이 시인이요 작가이다.

발상 : 거미사자

생각의 실마리를 푸는 유형을 따라 문학작품의 유형을 정리해 보면 '거미사자'로 첫 글자 모음을 만들 수 있다.

거: 거시적으로 풀어나감. 대상을 전체적으로 크게 보아서 누구나 보편으로 받아들일 만한 해석을 실마리로 삼음.

미: 미시적으로 풀어나감. 대상을 세밀하게 다루기 위해 구체적인 부분만 다룸.

사: 대상을 특별한 사건이나 가정이나 체험의 중심 소재로 삼아서 풀어나감.

자: 자아나 자의식을 표현하는 도구로 대상을 활용함.

만약 다루고자 하는 소재가 '휴대폰'이라면,

1_거시적인 접근 : '휴대폰'에서 찾아낼 수 있는 일반적인 특징에 의미를 부여한다.

· 휴대폰은 점점 작아지지만 기능은 오히려 더욱 막강해지고 있다. 인간이 발명한 것이라 인간의 영혼을 닮아가는 걸까?

· 휴대폰은 물을 싫어한다. 바닷물처럼 소금이 들어간 물이 들어가면

매우 위험하다. 사람의 몸에서 나오는 물인 눈물과 땀에도 염분이 있다. 휴대폰도 눈물과 땀과 피를 두려워하나 보다. 슬프고 힘들고 무서운 소식이 휴대폰을 통해 전해지지 않았으면 좋겠다.
· 휴대폰으로 인한 너무 잦은 의사소통 때문에 우리는 애틋한 기다림과 진중한 배려를 잃어가고 있다.

2_ 미시적인 접근 : 어떤 특별한 '휴대폰'에 대해 쓴다. 망가져버린, 좀처럼 울리지 않는, 선물로 받은 휴대폰. 혹은 휴대폰의 특정부위를 다룬다. 액정화면, 버튼, 안테나 등.

3_ 사건에 결부시켜서 접근 : '휴대폰'과 관련된 직간접 체험 가운데 글로 쓸 만한 것을 생각해낸다. 뇌리에 깊이 맺혀 있는 체험의 중심소재로 활용하면 최상이다. 마땅히 적용할 만한 체험이 없다면, '만약에' 라는 가정 하에서 상상력을 발휘해 실마리를 풀어나간다.
· 번호를 잘못 누른 휴대폰으로 인해 오해를 받아 곤욕을 치룬 적이 있다.
· 덩치가 코끼리만한 사람이 미니 폰을 꺼내는 모습을 보고 그에 대한 공포심이 사라졌다.

4_ 자아나 자의식을 표현하는 수단으로서
· 나는 휴대폰이다.

· 내 안에 '휴대폰'이 있다.

· '휴대폰' 안에 내가 있다.

· '휴대폰'을 중심소재로 빈번하게 활용하여 사건이 전개됨에 따른 화
  자나 등장인물의 심리변화를 표현해 나간다.

묘사 : P.R.E.

글의 맥락을 잘 살펴서 묘사에 적용하는 훈련은 수박 겉핥기에 아무 특색도 없는 빤한 표현에 머무는 습관을 고치는 데 매우 효과적이다. 이 때 먼저(pre-) 살펴야 할 세 가지 측면은 장소(place)와 관련성(relation)과 정서(emotion)이다. 장소와 연관성과 정서에 걸맞은 표현을 쓴다 함은 작품 속에 그만큼 깊이 몰입했었다는 증거이기도 하다. 반면, 이 셋(이하 P.R.E)에 걸맞은 표현을 하지 않으면 독자의 주의를 다른 곳에 빼앗길 위험이 있다.

억지로 미사여구를 끌어들여선 자연스럽고도 멋진 묘사가 되지 않는다. 특히나 무심코 사용하는 관용어구 때문에 문장이 결딴나는 경우는 아주 많다. 예를 들어, 등장인물이 빨리 달리는 모습을 묘사하면서 '깃털처럼 가볍게' 라고 썼다 치자. 그런데, 그 등장인물이 달리고 있는 곳이 화재가 난 건물 안이라면? 그것도, 사나운 불길에 쫓기고 있는 긴박한 상황이라면? '깃털처럼 가볍게' 달리던 사람이 결국 불에 까맣게 타서 죽고, 그 시신은 소방차에서 뿜어져 나온 물에 푸욱 젖어버리는 거라면 용납이 될 수도 있으려나?

기성작가들의 작품 속에서 P.R.E.가 어떻게 드러나고 있는지 살펴보자.

먼젓번처럼 문이 빠끔 열리며 날카롭고도 의심쩍은 두 눈알이 어둠 속에서 그를 쏘아보았다.
- 도스토예프스키 소설 '죄와 벌' 에서

전당포 여주인 노파가 자신을 찾아온 라스콜리니코프를 맞이하는 모습이다.

인생의 새로운 일들은 마치 구멍 난 양말을 감침질하는 것처럼 오래된 것들에 함께 짜여 들어갔다.
- 트레이시 슈발리에 소설 '진주 귀고리 소녀' 에서

화자는 가난한 집의 딸로 살다가 열여덟 살 나이에 하녀로 들어간 소녀이다.

등산이나 낚시보다 훨씬 격이 높은 취미라고 생각했고, 일요일 온종일 집에서 텔레비젼이나 보지 않으면 낮잠으로 소일하는 졸떼기들이 마나님인 친구들한테 골프 때문에 일요 과부가 된 자기 신세를 한탄할 때처럼 으쓱한 우월감을 느낄 적도 없었다. 한 번 맛들인 우월감이었다. 언젠가는 다시 그 맛에 연연하게 될지도 몰랐다.
- 박완서 소설 '애보기가 쉽다고? 에서

남편 맹범 씨가 다시 골프를 치고 싶다는 것을 TV 앞에 앉아 무심한 어투로 반대하고 난 '마나님' 의 속내이다. 작가 전지적 시점으로 쓴 심리묘사라도 P.R.E.에 걸맞으니 자연스럽기 그지없다.

당신의 걸음 소리는 낙관이라도 찍는 양 묵직하면서 조용했다. 거리를 재면서 걸어가듯 보속이 일정한 그 걸음 소리에는 늘 한 움큼의 고단이 묻어 있었다. 서산을 넘어가다 만 노을 한 자락이 발목에 휘감겨 있었다.
- 임영태 소설 '호생관 최북' 에서

최북의 아버지를 묘사한 문장이다. 그는 젊어서 상당 수준의 그림을 그리던 사람이고 지금은 산원(현대의 회계사에 해당하는 직업)이다.

— 박민규 소설 '야쿠르트 아줌마'에서

尹과 통화하는 '나'는 지금 변비로 애를 먹고 있다. 우리 문단의 탁월한 익살꾼 박민규다운 문장이다.

찾으려 들면 끝도 없을 것이다. 위에 적은 다섯 가지 예문도 이 원고를 작성하다 손을 쭉 뻗어 집어든 책들을 그저 잠시 뒤적였을 뿐이다.

P.R.E.에 영향을 주는 것으로 '시간 묘사'를 빼놓을 수 없다. 시간은 장소와 관련성과 정서에 두루 영향을 끼치는 요소이다. 작가들은 인물이나 장소 외에 시간도 묘사하려 든다. 날씨 묘사는 기본이고, 하루 중 어느 때인지를 밝힐 때에도 심사숙고한다. 또한 시간이 얼마만큼 흘렀는지 실감나게 하기 위하여 그 시간이 흘렀음직한 정도의 상황을 묘사하거나 화자

의 내면을 묘사하기도 한다. 기성작가들의 시간 묘사를 읽어보자.

> 젭슨 상사 회사의 옥상에서 대형 사이렌이 요란하게 울리기 시작한 것은 시내
> 의 중심가까지 아직도 산 그림자가 무겁게 깔린 채인 이른 아침이었다.
>
> — E.S. 가드너 단편 '성난 증인' 첫 문장

> 밤 깊어 찾아온 뜬것들이 마을회관 앞 팽나무나 김해 김씨 사당. 방파제 너머
> 돌 무너진 자리 따위를 아직 휙휙 날아다닐 시간인데도 박朴은 베개를 밀어내
> 고 일어나 앉았다. 앉은 채 창밖을 한 번 바라보는데 어둠의 층이 두터워 속짐
> 작 안 되는 게 제 탓인 양 손바닥으로 주름진 눈자위를 쓱쓱 문질렀다. 댕. 벽
> 시계가 하나를 울린다. 네 시 반이라는 소리다.
>
> — 한창훈 단편 '아버지의 아들' 첫 단락

> 알람이 울린다. 어둠 속, 다급하게 깜빡이는 핸드폰 불빛은 그녀가 하루를 시
> 작하는 데 꼭 필요한 경보警報와 같다. 아침마다 그 작은 재난을 향해 손을 뻗
> 는 그녀의 모습은 한밤중 폭우를 만나 해변으로 쓸려온 이방인을 떠올리게 한
> 다. 그녀가 머리맡을 더듬어 불빛을 움켜쥔다. 손가락 사이로 푸른빛이 새어
> 나온다. 그녀는 핸드폰을 쥔 채 죽은 듯 엎드려 있다. 누군가 그 모습을 본다
> 면, 이제 막 출동하려 한 손을 들고 있는 슈퍼맨 같다 말할지 모른다. 그러니
> 그녀가 아침마다 제일 먼저 하는 일이란, 주먹을 뻗는 것일지도 모르리라. 그
> 녀가 자세를 튼다. 몸에서 관절 꺾이는 소리가 난다.
>
> — 김애란 단편 '침이 고인다' 도입부

이번엔 기성시인들의 작품 속에서 P.R.E.가 어떻게 드러나고 있는지 살
펴보자. 눈이 내리는 풍경을 묘사한 문장 가운데에서 골라 보았다.

[강] 강물 위에 내 첫눈을 섞으며 그렇게 죽고 싶다 기쁘게 죽고 싶다 그래서
하나가 되고 싶다.
　　　　　　　　　　　　　　　　　　　　　　　　　　　　　　　- 나태주 '눈이 온다' 에서

[도시] 낡은 도시 위로 잿빛 살점이 쏟아진다　　　　　　　　　　　- 유용선 '눈(雪)' 에서

[뜰] 봄을 위하여 포근한 눈에 싸여 잠깐 쉬는 모든 꿈들 그래서 겨울의 뜰은
조용하다
　　　　　　　　　　　　　　　　　　　　　　　　　- 오규원 동시 '봄을 위하여' 에서

[바다] 눈이 수평선을 지우고 바다가마우지 떼를 지우고

　　　　　　　　　　　　　　　　　　　　　　- 조정 '바다가 나를 구겨서 쥔다' 에서

[밤] 얼룩진 벽에 한참이나 맷돌 가는 소리　　　　　　　　　- 박용래 '설야(雪夜)' 에서

[산골학교] 한 발 두 발 내 발자국 혼자서 따라옵니다.

　　　　　　　　　　　　　　　　　　　　　　　- 김용택 동시 '학교 길2' 에서

[산사(山寺)] 저녁부터 시작한 산사의 눈 공양은 새벽이 와도 그치지 않고 고요
한 절 마당 위로 더욱 적요한 눈만 덮여　　　　　　　　- 정일근 '적(寂)' 에서

[산정(山頂)] 희디 흰 뼈의 눈들만 산꼭대기에 던져놓고

　　　　　　　　　　　　　　　　　　　　　　　　- 노향림 '싸락눈' 에서

[성당] 하늘에 사는 흰옷 입은 하느님과 그 아들의 순한 입김과 내게는 아직도
느껴지다 말다 하는 하느님의 혼까지 함께 섞여서

　　　　　　　　　　　　　　　　　　　　　- 마종기 '눈 오는 날의 미사' 에서

[시장] 허드레 눈이 시장 사람들처럼 왁자하게 온다

　　　　　　　　　　　　　　　　　　　　　　- 문성해 '귀로 듣는 눈' 에서

[식당] 신눈깨비 몰아치는 닷새 장터에서 장국밥에 소주 한 병 말이 치우는 한
사내의 가슴팍을 서럽게 하기도 하고 그 사내의 깎인 머리와 바랑 위에

한줌의 따뜻한 솜을 얹어놓기도 할 것입니다

– 곽재구 '설해목 – 연하리 시편 32' 에서

[유적지] 흙을 일구며 성(城)을 쌓으며 살다 간 수천억의 영혼들……. 그들의 일생이 한 점 눈송이로 응결되어 점점 이어진다.

– 강우식 '고려의 눈보라' 에서

[판자촌] 뿌리 뽑힌 잡초 같은 발자욱 찍으며 바람 불면 뿔뿔이 흩어지던 그 힘의 분산처럼 눈이 내린다

– 김신용 '겨울 함바에서 2' 에서

동시집에서 골랐으면 좀 더 이해하기 쉬운 문장을 많이 찾을 수 있었을 텐데 아쉽게도 내겐 시집에 비해 동시집은 별로 많지 않다.

P.R.E는 말 그대로 *pre*('먼저' 라는 의미를 지닌 접두사)이다. 꾸준히 훈련과 퇴고를 거듭하다 보면 생각의 습성으로 확실히 자리 잡힐 것이다.

묘사 : 5W2H로 장면 채우기

기사문을 작성할 때 온전한 문장이 되려면 5W1H를 갖추어야 함은 문장의 이치를 따로 공부하거나 익힌 사람이 아니라도 이미 잘 알고 있는 내용이다. 5W1H는 알다시피 다음 여섯 개 낱말의 이니셜이다.

who(누가)

when(언제)

where(어디서)

what(무엇을)

why(왜)

how(어떻게/얼마나)

그런데 실제 문학작품 속에서 5W1H를 모두 갖춘 문장은 매우 드물다. 왜 그럴까? 까닭이 있다. 기사문이나 기획서 같은 실용문은 독자의 되묻기를 허용하지 않을수록 좋다. 어떤 정보와 소식을 가장 정확하고 풍부하고 빠르게 전달하는 것이 실용문 작성의 제1목표이기 때문이다. 반면, 문학작품 속의 한 문장 한 문장은 5W1H 가운데 한 개 이상을 빼낸 상태로 진행된다. 독자의 궁금증을 유발시켜야 다음 문장으로 넘어갈 수 있기 때문이다. 왜(*why*)를 빼서 독자가 '왜?(*why?*)' 하고 되묻게 하고 다음 문장에서 그 대답을 듣게 한다. 무엇(*what*)을 빼서 독자가 '무엇을?(*what?*)' 하고 되묻게 한 뒤에 무엇임을 밝힌다. 설령 한 개의 문장이 5W1H를 모두 갖추고 있더라고 보충이 필요하다. 예를 들어, '누구(*who*)'만 해도 그렇다. 남자인지 여자인지, 나이가 많은지 적은지, 체구가 큰지 작은지, 부유한지 가난한지, 아름다운지 추한지, 정상인지 비정상인지 등등 보탤 요소가 많다. 작가는 불완전한 별개의 문장을 차근차근 질서 있게 배열하여 구체적인 장면을 그려낸다.

문학작품에서는 5W1H가 대체로 하나의 문장으로 나타나는 것이 아니라 하나의 장면으로 나타난다. 특히 현대문학에서는 문장 하나의 완결성보다 장면의 완결성을 더 중요시한다. 그런데 언어를 이용해 장면을 그리려 하는 작가는 5W1H보다는 5W2H를 염두에 두어야 더욱 생생한 장면을 그려낼 수 있다.

5W2H란 how를 둘로 나누어 생각한다는 표시이다. How는 크게 '어떻게(*how to*)' 계열과 '얼마나(*how much*)' 계열로 양분할 수 있다. 문예물을 쓸 때는 이 두 가지를 별개로 꼼꼼히 살필 필요가 있다.

먼저 '어떻게(*how to*)'는 '어떻게 행위 하는가(how to do)'와 '어떻게 느끼는가(*how to feel*)'로 크게 나눌 수 있다. 행위의 종류는 무수히 많지만 느끼는 것은 다시 오감(五感)으로 좁혀진다. 시각(*how to see*), 청각(*how to hear*), 후각(*how to smell*), 미각(*how to taste*), 촉각(*how to touch*)

을 두루 살피면 감각이 생생한 장면을 그려낼 수 있다.

이어서 '얼마나(*how much*)' 계열은 양(*how much*), 수(*how many*), 길이(*how long*), 깊이(*how deep*), 넓이(*how wide*), 높이(*how tall*), 크기(*how big*), 기간(*how old*), 횟수(*how often*) 등 다양하다.

자, 그럼 연습 삼아 〈한 여자가 책을 읽고 있다〉라는 아주 기본적인 제시 문장을 바탕으로 5W2H를 채워 보자. '누군가(*who*)'와 '무엇을(*what*)'과 '어떻게(*how to do*)'만으로 이루어진 이 문장에 언제(*when*) 어디서(*where*) 왜(*why*) 그러고 있는지를 보충하면 일단 5W1H는 갖추어진다.

〈아침 일곱 시 경 그 여자는 자기 집 거실 한 쪽 벽에 있는 소파에 앉아 최근 개봉한 영화가 무엇이 있나 살피기 위해 영화잡지를 펼쳐 읽고 있다.〉

여기다 '어떻게' 외에 '얼마나'를 더해 5W2H를 갖추어 보자.

〈그 여자는 그날 아침 일곱 시 경부터 자기 집 거실 한 쪽 벽에 있는 소파에 앉아 최근 개봉한 영화가 무엇이 있나 살피기 위해 영화잡지의 광고란을 한 시간이 넘도록 뒤적거리며 읽고 있었다.〉

2H로 요약될 수 있는 표현요소가 두루 갖추어질수록 장면이 선명해지고 등장인물의 성향도 좀 더 잘 드러난다. 그러나 문장 하나에 5W2H를 전부 넣으면 문장이 지나치게 길고 무거워질 수밖에 없다. 서두에 말했듯 이 문학작품에서는 문장 하나의 완결성보다 장면의 완결성을 추구한다. 장단과 완급을 조절하면서 여러 개 문장을 활용하여 감각과 감수성이 살

아있는 장면을 그려보자.

〈여자가 책을 읽는 장면〉으로 좀 더 연습해 보면,

〈여자는 그날 아침 일곱 시 경부터 자기 집 거실 한 쪽 벽에 있는 소파에 앉아 영화잡지 씨네 21을 읽고 있었다. 최근 개봉한 영화로 어떤 것이 있나 살피기 위해서였다. 한 시간이 넘도록 광고란과 리뷰를 뒤적거렸지만 딱히 보고 싶은 영화를 결정하지 못했다. 아직 세수를 하지 않은 여자의 얼굴은 화장기라곤 전혀 없이 창백하기까지 하였다. 곰팡이가 슬어버린 낡은 이불처럼 하늘은 낮고 칙칙했다. 살짝 열어놓은 창문 틈새로 물에 젖은 쓰레기 냄새가 스멀스멀 기어들어왔다. 여자는 책을 소파에 내려놓고 두 손을 자신의 목뒤로 넣어 어깨까지 내려온 뒷머리를 쓸어 올렸다 내려놓더니 천천히 일어나 창가로 다가 갔다. 여자는 자기 머릿결을 쓸어내릴 때 나는 샴푸 냄새를 좋아했다. 창을 닫기 전 잠시 그 앞에 서서 창밖을 내다보았다. 170센티미터는 족히 됨직한 큰 키에 동양인답지 않게 다리가 길고 단단해 보였다. 여자는 미간을 살짝 찌푸렸다. 무엇을 보았기 때문일까? 외면하듯 신경질적으로 고개를 돌리더니 소파 위에 놓인 책을 사납게 쏘아보다 성큼성큼 소파로 다가가 책을 집어 들어 힘껏 벽면으로 던져버렸다.〉

아무 플롯도 준비되어 있지 않은 상태에서 5W2H를 차츰차츰 채워나가고 있을 뿐인데 장면이 꿈틀거리면서 스스로 플롯 라인을 잡아가려 하고 있다. 풍부한 장면은 그 자체로 이야기를 품고 있기 때문이다. 여기까지만 쓰도록 하겠다. 교안을 작성한 것이지 소설을 쓰려 했던 것은 아니니까.

[덧붙임] 고교 3학년 학생(현재 숭실대 문예창작과 재학)이 수업시간에 쓴 글을 하나 더 첨부한다.

제시문장 : 고양이 한 마리가 졸고 있다.

↓

한가로운 오후, 늙은 고양이 한 마리가 흔들의자에 앉아 있는 노파 옆에서 꾸벅꾸벅 졸고 있다.

↓

따스한 햇살이 베란다 창문 너머로 들어온다. 두툼한 털조끼를 입은 할머니가 흔들의자에 앉아 손을 놀리고 있다. 할머니의 손이 움직일 때마다 삐걱거리는 소리가 거실 안에 울려 퍼진다. 할머니의 어깨가 앞으로 나가면서 기침소리가 튀어나온다. 기침소리에 옆에서 졸고 있던 고양이의 꼬리가 움찔거린다. 털이 듬성듬성 빠져 있는 고양이의 눈꺼풀이 파르르 떨린다. 할머니는 손놀림을 잠시 멈추더니 손을 휘휘 저어 거실을 돌아다니는 파리를 내쫓는다. 흰 머리카락 한 가닥이 고양이 머리 위로 떨어진다. 잿빛 털 위에서 흰 머리카락이 햇살에 반짝거린다. 고양이가 꾸벅꾸벅 머리를 숙일 때마다 머리카락은 떨어질 듯 말 듯 위태롭다. 파리 한 마리가 요란한 날갯짓을 펼치며 고양이 주변을 맴돈다. 윤기 없는 퍼석퍼석한 털이 곤두선다. 고양이는 앞다리를 허공에 휘두르고는 다시 눈을 감는다. 흰 머리카락은 여전히 머리털 위에 매달려 있다. 파리가 고양이등에 앉아 털이 없는 곳을 슬금슬금 기어 다닌다. 순간 꼬리가 반달모양으로 접혀지면서 등을 쓸고 지나간다. 파리가 황급히 달아난다. 고양이의 눈꺼풀은 여전히 파르르 떨리고 있다. 고양이의 등이 들썩이면서 입가에 있는 털 두 가닥이 조금씩 흔들린다. 흔들의자 위에서 털뭉치가 떨어진다. 털뭉치가 고양이의 앞다리에 걸려 멈춘다. 고양이가 머리를 들며 꼬리를 세우고 갸르릉거린다. 할머니는 도수 높은 안경을 치켜세우면서 털뭉치를 집어 든다. 고양이는 주위를 두리번거리더니 꼬리를 스르르 내린다. 머리에 걸려 있던 흰 머리카락은 어디로 갔는지 보이지 않는다. 다시 거실에 삐걱거리는 소리가 울려 퍼진다. 삐걱거리는 소리와 함께 고양이의 눈꺼풀이 파르르 떨리기 시작한다. 가끔 내뱉는 할머니의 기침소리에 잠시 움찔거릴 뿐, 고양이는 여전히 꾸벅꾸벅 머리를 조아린다. 고양이의 희미한 숨소리 사이로 오후의 해가 저물고 있다.

구성 : 풍선 불기

한 편의 이야기에는 흐름의 뼈대를 이루는 장면이 다섯 개 이상 들어있기 마련이다. 나는 이 다섯 단계를 학생들에게 체득시키기 위해 풍선불기 이야기를 비유로 들려주곤 한다.

#1 (발단)

한 아이가 친구를 골려주기 위해 풍선을 불기 시작한다.

#2 (전개)

풍선이 점점 커져간다.

#3 (위기)

풍선이 곧 터질 것처럼 아슬아슬하다.

#4 (절정)

마침내 풍선이 펑 터지고 말았다.

#5 (반전-결말)

풍선을 불던 아이가 오히려 놀라 그만 울음을 터뜨렸다.

'풍선 불기'를 다음과 같이 짧은 이야기로 꾸며도 보았다. 중략 부분은 일부러 쓰지 않았다. 수업에 필요한 부분이 아니었기 때문에.

창선이의 풍선 불기

내 짝꿍 창선이는 우리 학교에서 학생은 물론 선생님들 사이에서도 알아주는 개구쟁이였다. 더구나 힘도 세서 여자애들은 말할 것도 없고 사내아이들조차 창선이의 장난에 속수무책 당하기 일쑤였다. 하루에도 몇 번씩 선생님께 꾸지람을 듣거나 작은 매로 손바닥을 맞곤 했지만 그 아이의 장난은 단 하루도 쉬는 법이 없었다. 그런데 신기한 것은 그 아이의 얼굴이었다. 희고 깨끗하고 어찌 보면 가녀리다는 느낌마저 드는 순한 얼굴이었다. (囵인물 묘사, 복선)

--- 중략 ---

얼굴이 붉다 못해 퍼렇게 되도록 풍선 불기를 멈추지 않는 창선이의 끈덕짐과 용기에 나는 감탄했다. 도대체 얼마나 크게 만들려고 저러는 거지? 비극의 희생자가 되지 않으려면 저것이 폭발할 때까지 눈을 떼지 말아야 해. 내가 방심한 틈에 내 뒤통수 뒤에서 터질 수도 있으니까. 정말 끔찍할 거야. 만약 내 뒤에서 터뜨린다면 나는 그 즉시 선생님께 달려가서 짝꿍을 바꾸어달라고 할 테다. 그런 생각이 들자 울고 싶어졌다. 그 때였다. (囵위기)

빠앙! 풍선은 한 사람의 희생자만 놀라게 한 것이 아니라 우리 반 전체를 놀라게 했다. 교실 안의 아이들은 누가 먼저랄 것도 없이 비명을 질렀다. 그 순간 교실에 들어와 희생대열에 합류한 사람은 다름 아닌 선생님이셨다. 그러나 선생님은 어른이었다. 비명을 지르기는 커녕 윗니로 아랫입술을 깨물며 소리의 근원지로 홱 고개를 돌리셨다. 그런데 선생님의 화난 표정이 일순 놀란 표정으로 바뀌었다. 아이들의 시선이 일제히 선생님의 것을 따라 다시 창선이를 향했다.

(절정)

그 짧은 순간에 보았던, 개구쟁이 창선이의 얼굴을 지금도 나는 잊지 못한다. 맙소사. 이 엄청난 혼란을 주도한 장본인이야말로 가장 큰 희생자였던 것이다. 사람의 얼굴이 저렇게 노래질 수도 있었나? 석고처럼 흰 기운이 얼룩으로 번져 그냥 내버려두면 그대로 굳어버릴 것만 같았다. 선생님이 놀란 것은 말할 것도 없이 그 얼굴 때문이었다. 선생님은 화난 표정 대신 차분하고 부드러운 얼굴을 하고 창선이를 향해 걸어갔다. 선생님의 얼굴은 그 해 어느 때보다 온화해 보였다. 선생님은 창선이를 혼내려고 다가가는 것이 아니라 진정시키기 위해 다가가는 것이었다. 물론 나는 그 당시에는 선생님이 의도하는 바를 전혀 이해하지 못했다. 창선이의 초점은 선생님을 향하고는 있었지만 선생님에게 머물러 있지 않았었다고 나는 분명히 회상한다. 상대의 존재를 무시하고 그 뒤편 어딘가로 정처 없이 향하는 그런 초점은 자폐 아동에게서나 볼 수 있는 것이다.

선생님은 창선이에게 다가가 그의 머리를 부드럽게 감싸 주었다. 머리를 쓰다듬으며 등을 토닥거려주기를 몇 차례. 선생님은 창선이의 얼굴을 살폈다. 그의 얼굴에 발그레한 기운이 돌아오며 눈에도 초점이 돌아왔다. 창선이가 울음을 터뜨리자 선생님은 내게 물 한 컵을 떠오라고 여전히 부드러운 얼굴로 말씀하셨다. 창선이의 장난이 꾸

지람이나 회초리가 끝이 아니었던 적은 그 때가 처음이자 마지막이
었다. (키워드 반전/결말)

명쾌하게 쓰지 않으려면 쓰지 않는 편이 낫다. 명료하고 단순
한 글이 문제될 만한 것이라고는 건조해질 소지가 있다는 점뿐
인데, 이 정도 위험은 감수할 만하다. 우스운 가발을 쓰고 다니느니 대머
리로 지내는 편이 낫지 않겠는가. ―서머싯 몸

구성 : 문득, 곰곰, 다시

매우 실험적인 몇몇 작품을 제외하면, 대부분의 작품은 선경후정(先景後情)과 수미상관(首尾相關)의 구성을 따른다. 선경후정(先景後情)이란 주로 한시(漢詩)의 전개를 설명할 때 쓰는 용어로서 '정황이나 배경을 먼저 제시하여 독자의 주의를 환기시킨 뒤에 서정과 인식을 펼쳐나감'을 뜻하고, 수미상관은 도입부와 결부를 서로 밀접하게 연관 지음을 뜻한다. 수미쌍관(首尾雙關) 또는 수미상응(首尾相應)이라고도 한다.

우리는 말을 할 때 손짓, 몸짓, 눈짓, 표정 따위 보조 수단을 활용하고, 듣는 상대방 또한 사이사이 질문을 통해 뜻을 명확히 이해하려는 태도를 취한다. 그러나 글은 다르다. 글쓰기는 철저히 문자만으로 상대에게 의사와 느낌을 전달하려는 태도이다. 그렇기 때문에 글에는 말과 달리 퇴고의 과정이 반드시 뒤따른다. 말은 일단 입 밖으로 튀어나오면 뒤이어 다른 말을 덧붙이는 방법 말고 달리 흐름을 바꿀 도리가 없지만, 글은 아직 상대에게 보이기 전이라면 얼마든지 수정할 수 있다. 그러나 백일장이라든지 경시대회나 문예창작과 실기 시험 등에서는 퇴고할 시간이 넉넉하지 않다. 이 때에 선경후정과 수미상관의 구성을 따르면 퇴고의 부담을 크게 줄일 수 있다.

한 편의 글 속에는 보통 세 개의 부사로 요약할 수 있는 생각의 흐름이 있다. 〈문득〉, 〈곰곰〉 그리고 〈다시〉.

〈문득〉은 발견과 깨달음을 이끄는 부사이다. 글의 도입부는 억지와 무리가 없이 문득 떠오른 장면처럼 가볍게 그려질 필요가 있다. 설령 처음부터 작정하고 무언가를 뚫어지게 쳐다보았을지라도 마치 문득 본 것처럼 도입부를 여는 편이 능률적이다. 길을 가다 "어, 저것 좀 봐라!" 하며 주의를 끄는 사람처럼. 〈곰곰〉은 깊이와 새로움과 구체성을 이끄는 부사이다. 글을 읽는 동안 아무런 새로움이나 깊이나 낯섦이나 적나라함을 발견할 수 없으면 지루함과 배신감을 느끼게 된다. 끝으로 〈다시〉는 안정과 환기와 반전을 이끄는 부사이다. 마무리 단계에서 도입부를 구체화시켜 보여주면 글이 안정과 활력을 찾게 되고, 도입부를 뒤집거나 크게 비틀면 긴장이 생겨난다.

실제의 작품들을 감상하며 이야기해 보도록 하자.

첫 번째 예시는 함민복의 시 '만찬' 전문이다.

혼자 사는 게 안쓰럽다고

반찬이 강을 건너왔네
당신 마음이 그릇이 되어
햇살처럼 강을 건너왔네

김치보다 먼저 익은
당신 마음
한 상

이 시의 첫 연은 "혼자 사는 게 안쓰럽다고"의 단 한 줄이다. 한 사람이 혼자 살고 있는 정황을 첫 연으로 따로 떼어 밝히고 있다. 즉 1연이 전체 시에서 선경(先景)의 역할을 하고 있다. 어머님이 혼자 사는 내게 김치를 보내오신 게 한두 번이 아니었을 텐데, 시인은 〈문득〉 그 모습을 새삼스럽게 보기 시작하고 〈곰곰〉 이 사건에 대해 생각한다. 2연 첫 행에서는 "반찬이 강을 건너~"로 반찬이 먼 곳에서 넘어왔다는 두 번째 정황을 밝히고, 이어지는 행에는 "반찬이 곧 당신의 마음"이라는 인식을 드러낸다. 3연에서는 익은 김치보다 보내준 이의 사랑이 먼저 익었다고 하더니, 마지막 연에 이르러선 어머님이 보내주신 김치를 반찬 삼아 식사를 하며 그 사랑을 받아들이고 있는 독신생활의 정황을 〈다시〉 보여주며 전체 시를 깔끔하게 마무리한다. 여기에서 지극히 평범해 보이는 "혼자 사는 게 안쓰럽다고"가 없었다고 가정해 보자. 마지막 연의 '마음이 마음을 먹는 저녁' 이 주는 감동은 절반 이하로 줄어버릴 것이다. 분량은 짧아도 울림은 어느 장시 못지않으니 시의 길고 짧음을 글자의 수로 측정함은 어리석은 짓이 아닐까 한다.

다음 예시로 든 작품은 2001년 중앙 신인문학상 당선작인 서광일의 '복숭아' 이다.

비닐봉지가 터졌다

우르르 교문을 빠져나오는 여고생들처럼

여기저기 흩어진 복숭아

사내는 자전거를 세우고

떨어진 것들을 줍는다

길이가 다른 두 다리로

아까부터 사내는

비스듬히 페달을 밟고 있던 중이었다

허리를 굽혀 복숭아를 주울 때마다

울상이던 바지주름이 잠깐 펴지기도 했다

퇴근길에 가게에 들러

털이 보송보송한 것들만 고르느라

봉지가 새는지도 몰랐던 모양이다

알알이 쏟아져 멍든 복숭아

뱉은 씨처럼 직장에서 팽개쳐질 때

그리하여 몇 달을 거리에서 보낼 때 만난

어딘가에 부딪혀 짓무른 얼굴들

사내는 아스팔트 위에다

그것들을 가지런히 모아두고

한참을 두리번거렸다

얼마 만에 사들고 가는 과일인데

흠집이 있으면 좀 어떤가

식구들은 둥그렇게 모여

뚝뚝 흐르는 단물까지 빨아먹을 것이다

사내는 겨우 복숭아들을 싣고

페달을 힘껏 밟는다

자전거 바퀴가 탱탱하다

한 사내가 복숭아를 담은 비닐봉지를 매단 채 자전거를 몰고 가는데, 그만 봉지가 터져버린다. 시인은 〈문득〉 복숭아들이 길바닥에 나뒹구는 모습이 마치 우르르 교문을 빠져 나오는 여고생 같다고 생각한다. 복숭아에서 여고생을 연상하지 않았어도 이 시가 태어났을까. 아마도 사내는 고교생 자녀를 두었음직한 연령대였을 거다.

시인이 보니 자전거를 몰던 사내의 다리가 정상이 아니다. 소아마비인지 두 다리의 길이가 같지 않다. 시인은 〈곰곰〉 생각한다. 그리고 진술한다. 과일봉지가 새는지 몰랐던 까닭이 나오고, 어려웠던 시절이 그려진다, 짓무른 복숭아라도 맛있게 먹어줄 식구들이 그려진다. (진술내용이 사실인지 추측인지는 전혀 중요하지 않다.)

〈다시〉 자전거를 보니 바퀴가 탱탱하다. 여고생 딸내미를 짐칸에 앉혀도 까딱없을 만큼 탱탱해 보였을 것이다. 가난한 신체불구자 아버지는, 그래서, 더 이상 초라해 보이지 않았을 것이다.

두 작품 모두 도입부가 매우 깔끔하다. 〈문득〉의 단계가 너무 장황하고 지지부진하면 어딘가에서 읽은 글 같아서 지루하다는 느낌을 준다. 아직 본격적인 인식이 들어가기 전이기 때문이다. 독서를 폭넓게 하고 창작의 연륜이 더해지면 눈이 밝아져서 비슷한 정황이라도 남다르게 창의적으로 표현할 수 있다.

예비문인들의 작품에서 장면 제시가 전혀 없이 곧바로 토로하고 설득하려 드는 성급한 글이 많이 발견되는 까닭은 아마도 그들이 '화자는 모든 것을 알고 있지만 독자는 아무 준비도 되어 있지 않다' 는 글의 함정에 쉽게 빠지기 때문이 아닐까 한다. 사실 이는 기성문인들도 잘 빠지는 함정이다. 먼저 내 글을 읽는 이의 자세를 고쳐 앉게 하려는 노력이 필요하다. 글쓰기는 백지를 앞에 놓고 펜을 들어 미래의 독자와 대화를 하는 행위이다.

"〈문득〉 이런 생각이 들었어." "어떤?"
"〈곰곰〉 생각해 보니 그러네." "어떤데?"
"〈다시〉 보니 그렇지 뭐야." "맞아. 정말 그래."

퇴고 : PUFF 또는 MUFF

문학작품을 감상하기 위해 특별한 이론의 잣대를 반드시 지녀야 할 필요는 없다. 누구에게나 거의 본능이나 다름없는 보편적인 감각이란 게 있기 때문이다. 오히려 특정한 이론에 지나치게 기울면 보편적인 판단기준을 차츰 상실하게 되어 좋은 작품을 식별하는 눈이 어두워지게 된다. 또 하나 우려되는 점은 말초신경을 자극하거나 허황한 관념의 놀음에 그친 경박한 문화체험에 물들어도 보편적인 감각을 잃기 쉽다는 것이다. PUFF 독법은 그 두 가지를 경계하고자 제시하는 것이다.

PUFF 독법은 '기승전결'을 한층 발전시킨 것으로 '가장 보편적이고 일반적인 감상은 어떤 패턴을 지니고 있을까?' 하는 고민 끝에 나온 것이다. PUFF는 *pull, unique, flash, fix* 네 낱말의 첫 글자 모음이다. 이 네 가지 측면은 사실 우리가 작품을 볼 때 자기도 모르게 적용하는 잣대들이다.

Pull : 독자의 주의를 끌 만한가?

Unique : 글의 전개가 개성 있고 생동하는가?

Flash : 글의 핵심주제가 힘을 발휘하고 있는가?

Fix : 마무리는 효과적인가?

네 가지 측면을 다시 세부적으로 분류해보면 이렇다.

● 먼저, Pull의 측면에서 살피면 될 것이다.

　　1. 밑도 끝도 없이 성급하게 시작하지는 않았는지

　　2. 좀 더 생생하고 명확하게 할 수는 없었는지

● 다음, Unique의 측면에선 네 가지를

　　1. 자아 또는 자의식을 표현하는 데에 급급해 변명과 넋두리에 그치
　　　진 않았는지

　　2. 글의 논리를 전개함에 있어 좀 더 생동감 있게 입체적으로 할 수
　　　는 없었는지

　　3. 부자연스럽거나 억지스럽지는 않은지

　　4. 묘사가 캐릭터의 개성을 잘 드러나고 있는지

● 다음, Flash의 측면에선 두 가지를

　　1. 글로 남길 만한 가치가 있는 주제인지

　　2. 핵심어(구)가 적절히 드러나 있거나 효과적으로 감추어져 있는지

● 끝으로 Fix의 측면에선 두 가지를 살피면 될 것이다.

　　1. 수미상관(首尾相關), 주제의 심화 등 구성미나 반전의 묘(妙)를 살렸
　　　는지

　　2. 긴장미 혹은 여운미(운치)가 있는지

PUFF는 Pull의 P를 Mind의 M으로 바꾸어 MUFF로 바꾸어 생각해 볼 필요도 있다. 뛰어난 시인이나 작가들 가운데에 PULL의 측면을 고의로 무시하는 이들도 제법 있다. 독자의 주의를 끌려는 노력을 구차하게 여기고 오로지 그만의 예술혼을 중대한 테마로 삼아 글을 쓰는 사람들이다.

또한 인식이 너무 앞서 가 있는 작품은 글쓴이가 아무리 쉬운 어휘로 온갖 수단을 동원해도 독자가 쉽게 이해할 수 없다. 이는 고등종교가 탄생하는 원리와 비슷하다. '하느님 아버지' 가 어려운 표현인가? '누구나 부처가 될 수 있다' 가 어려운 표현인가?

어떤 예술작품은 참을성 있는 감상자에게만 광휘를 비추기도 한다. MUFF 독법은 고급독자의 글 읽는 태도랄 수 있겠다.

퇴고 : NTBS

"설명하지 말고 보여줘라. (*Not Telling But Showing.*)"

글쓰기 교실의 작품평가 시간에 가장 자주 나오는 말이 아닐까 한다. 주로 묘사할 때 주의해야 할 사항으로 알려져 있지만, 곰곰 생각해 보면 문예창작 전반에 걸쳐 늘 명심해야 할 사항이기도 하다.

아무리 잘 〈설명한 글〉이라도 〈보여주는 글〉보다는 전달효과가 적다. 뒤집어서 말하면, 서툴고 미흡할지라도 보여주는 글이 설명하는 글보다 효과적이고 힘 있다. 그 힘이란 다름 아닌 소통능력이다.

일단 묘사의 측면에서 NTBS의 역할을 살펴보자.

문이 있다. 실내에는 문 가까이 누군가 부주의하게 놓고 간 장애물이 하나 있다. 그 문을 열고 들어오는 사람 A, B, C가 있다.

A가 문을 활짝 열고 들어온다. 장애물에 발이 툭 치인다. "어이쿠, 이게 뭐야? 넘어질 뻔했잖아." 투덜거리더니 그냥 자기 자리에 가서 앉는다.

B가 문을 열고 들어온다. 엇, 하는 눈빛도 잠깐. 슬쩍 장애물을 돌아서 지나친다. 역시 그냥 자기 자리에 가서 앉는다.

C가 조용히 문을 열고 들어온다. 장애물을 보더니 들고 있던 물건을 자

기 자리에 가만히 내려놓고 다시 문 앞으로 가서 장애물을 들어 안전한 곳으로 옮겨 놓는다.

A와 B와 C가 하는 행동을 묘사하여 그들이 제각기 어떤 성품을 지녔는지 독자에게 알릴 수 있다. 아니, 성품까지는 아니더라도 그들 각자의 심리상태를 독자가 짐작하게 할 수 있다.

독자가 판단해야 할 몫까지 빼앗아 작가가 번번이 해설하려 드는 작품은 유치하다. 앞서 든 예에서, 만약 작가가 지문을 통해 직접 'A는 덜렁거리고 매사에 남의 탓을 잘 하고 철이 좀 없다. B는 차분한 편이지만 다소 이기적이다. C는 침착하고 자상하며 리더십이 강하다.' 라고 적었다면? 독자로서 전혀 고맙지 않은 우스꽝스러운 친절이다.

불필요한 부연설명을 뒤에 달아놓는 경우도 비슷하다. 등장인물의 심리가 잘 드러나도록 공들여 묘사를 해놓고 나선 곧바로 〈그처럼 그는 불안해했다.〉 하는 식으로 한 문장을 보태는 경우, "아아악, 제발 살려 주세요."라고 적은 뒤에 〈여자는 비명을 질러대며 목숨을 구걸했다〉라고 한 문장을 보태는 경우 따위.

배우는 연기에 관객은 감상에 한창 몰두해 있는데, 감독이라는 사람이 난데없이 무대에 뛰어올라와 해설하는 모습을 상상해 보자. 우습지 않은가? 작가는 자기 작품의 감독이다. 독자가 책에서 읽고 있는 작품은 이미 리허설이 아니다.

내용에 어울리는 문체(*style*)와 어조(*tone*)를 선택하는 것도 NTBS이다.

문체와 어조가 글의 주제에 걸맞은 분위기를 연출해주어야 한다. 순박한 인물이 등장하는 장면에선 질박한 문체가 낫다. 반면, 아주 지성적인 인물이 등장하는 장면을 묘사하는 문장에 예민한 맛이 없으면 효과가 반감된다. 대화문은 두 말 하면 잔소리이다. 말투만큼 사람의 성향을 잘 드러내주는 요소도 별로 없다.

시를 쓸 때엔 문체의 문제가 더욱 중요해진다. 본인이 남성일지라도 시 속의 화자를 여성으로 내세우는 편이 나을 때는 그렇게 해야 한다. 늙었다고 늙은 화자만을 내세워 시를 쓰다 보면 혈기방장 젊은 독자들과 멀어지기 십상이다.

소설의 경우도 보자. 김유정의 '봄·봄'은 익살과 해학이 중심을 이루고, 현진건의 '운수 좋은 날'은 이야기의 결말에 걸맞은 반어적인 어조이며, 채만식의 '논 이야기'는 풍자적이고, 손창섭의 '비 오는 날'은 내용 못지않게 어조 또한 쌀쌀맞다.

시인이든 작가이든 자기 세대에 익숙한 문체만 고집하지 않고 앞뒤 세대의 문체를 두루 섭렵하여 구사하면 그 보답은 반드시 있을 것이다.

파스칼은 이렇게 말했다.

"자연스러운 문체를 볼 때는 누구나 놀라고 마음이 끌린다. 일개의 작가를 보려 기대했다가 하나의 인간을 발견하기 때문이다."

구성으로 NTBS를 실현하는 것은 매우 어렵긴 하지만 이루어내기만 한다면 크게 환영받을 일이다.

알찬 내용으로 채워진 작품이 구성마저 눈길을 끈다면 금상첨화이다. 하지만 공연 및 상영을 목적으로 하는 극본에 비해 시나 소설은 구성을 통해 〈보여주는〉 연구가 부족한 편이다. 사소해 보이지만, 시의 행이 한 줄 한 줄 어떻게 보기 좋게 놓여 있는지도 가독성에 영향을 주며 소설의 단락이 빈번하게 나뉠 때와 드문드문 나뉠 때 독자가 받는 무게감이 다르다. 그럼에도 불구하고 우리는 글을 쓸 때 참신한 구성은 고사하고 행 가름이나 문단 나누기조차 무심하기 일쑤이다.

끝으로 책 디자인과 NTBS. (퇴고 이야기로 볼 수 없으니 이 이야기의 사족 쯤 되겠다.)

책의 내용을 가장 잘 아는 지은이에게는 책의 외양에 관여할 권리가 있다. 아니, 권리 이전에 의무일 수도 있다. 내 작품이 말하고자 하는 내용과 동떨어진 겉모습으로 책이 태어나지 않도록 편집자 및 디자이너와 적극 의견을 나누어야 한다.

첫줄의 덫, 첫인상의 함정

어떤 구절이 마음에 들어 그것을 영감(*inspiration*)으로 삼아 글쓰기에 착수할 때가 있다. 그리고 나선 일단 시이든 소설이든 빚어놓고 그 지겹고 힘든 퇴고라는 것을 하게 되는데, 온갖 지식을 다 동원해도 뭔가 '이건 아닌데' 싶고 좀체 해결이 안 될 때가 있다. 그럴 때 내 경우엔 일단 서랍 깊숙이 그 애물단지를 넣어 놓고 외면해 버린다.

꽤 오랜 시간이 흐르고 난 뒤 좀 더 눈이 맑아지고 머리도 냉정해졌다 싶을 때 다시 꺼내 보면, 번번이 놀라운 발견을 하곤 한다.

이럴 수가! 번쩍이는 영감이라 믿어서 도입부로 삼았던 부분이 바로 덫이요 원흉이었다. 그 구절을 다른 곳으로 옮기거나 아예 아낌없이 베어내버려야 하는 경우가 태반이었다. 그런 경험을 몇 번 하고 난 뒤부터는 집착하고 있던 표현을 오히려 가장 먼저 살피는 습관이 들기 시작했다.

글을 퇴고하다 보면 건축물의 거푸집처럼 어느 단계에선 과감히 버려야 할 부분이 있기 마련이다. 당연히 꼭 있어야 할 부분이라고 믿는 곳이 반드시 버려야 할 부분인 경우가 너무나도 많다. 특히 창작동기 역할을 한 구절을 쳐내버리기는 참으로 어렵다.

첫 단추에 대한 집착은 소설을 쓸 때보다 시를 쓸 때에 더 자주 발생한다. 분량이 짧은 만큼 더욱 서둘러 마무리를 짓기 때문이리라. 그러나 생각해 보자.

"시 한 편 써서 우리 잡지에 싣게 해주면 500만원을 드리겠습니다."

그렇게 말하는 잡지는 아마 없을 것이다.

그럼에도 불구하고 무언가에 쫓기기라도 하는 양 서둘러 한 편을 마무리하고 또 그것을 발표하지 못해 안달하는 모습을 자주 본다. 특히 발표 욕구는 가장 무서운 강박관념이 되어 시를 망가뜨린다. 돈을 싸들고 재촉하거나 칼 들고 위협하는 사람 없으니 조급해하지 말라는 이야기이다.

창작동기였던 첫줄 첫 문장이 완성으로 가는 길에 놓인 덫이 될 수 있음은 인간심리의 특성과 밀접한 관련이 있다.

첫인상의 함정!

어떤 사람을 만나 첫인상이 좋으면 호감이 가고 뒤이어 다시 만나도 그 첫인상과 일치하면 더욱 좋아진다.

첫인상이 좋지 않았는데 차츰 상대방의 새로운 면을 보게 되면서 오히려 더 좋아지기도 하고 반대로 안 좋았던 첫인상 때문에 섣불리 그 새로운 면들을 받아들이지 못하게 되기도 한다.

이렇듯 친구로 연인으로 동료로 가까운 이웃으로 지내는 동안 우리는 서로를 어느 정도 첫인상 속에 가두어 놓고 보기 십상이다.

"내 스타일이야, 나랑 코드가 맞아." 따위의 말을 자주 하는 사람치곤 대인관계가 원만한 사람 별로 없다. 그래서 우리 삶에는 결별이 있고 애증이 있고 실망과 상처가 있고 배신이 발생하는 건가 보다.

시를 쓸 때도 그와 같은 심리 때문에 첫줄에 집착하게 된다.

숱한 원고를 내다버리고 이 사람 저 사람 읽어보고 나서야 비로소 알게 된 것이지만, 이제라도 알게 되어 다행스러운 〈첫줄의 덫, 첫인상의 함정〉이다.

사람의 눈이란 참으로 미덥지 못한 것이다.

음악가로서 나는 평생 완벽을 추구해 왔다. 완벽하게 작곡하려고 썼지만, 하나의 작품이 완성될 때마다 늘 아쉬움이 남았다. 때문에 나는 분명히 한 번 더 도전해 볼 의무가 내게 남아있다고 생각한다. - 베르디

삼선다(三繕多)

우리가 흔히 들어 아는, '글을 잘 쓰기 위한 삼다(三多)'란 다독(多讀 : 많이 읽음), 다작(多作 : 많이 씀), 다상량(多商量 : 많이 생각함)을 말한다. 이는 송나라 문인 구양수(歐陽脩)가 한 말에서 비롯된 것이다.

나는 그 동안 이 말이 완벽한 조언인 줄로만 알고 그대로 따라 했으며 내 학생들에게도 그렇게 가르쳤다. 그러다 의문을 품기 시작했다. 내 학생들 가운데 동년배의 다른 사람에 비해 월등하게 많이 읽고 많이 쓰며 생각 또한 풍부함에도 불구하고 그렇지 못한 사람보다 글솜씨가 떨어지는 경우를 왕왕 보아왔던 것이다. 삼다가 능사는 아니구나. 시쳇말로 2프로 뭔가 부족분이 있다. 그게 뭘까?

답을 찾아내는 데에는 적지 않은 시간이 흘렀다. 아니, 엄밀히 말해 답을 찾아내고서도 그것이 답인 줄 알게 되는 데에 꽤 많은 시간이 흘렀다고 해야 옳겠다. 글쓰기를 지도하다 보면 학생의 기량이 어느 한 순간 도약을 할 때가 있다. 나는 그 현상을 그저 꾸준히 훈련을 하니 어느 순간 깨치게 되고 깨치게 되니 습관이 되고 습관이 되니 실력이 된 것이라고만 생각했다. 그런데? 그런데 그다지 많은 훈련을 하지 않은 학생에게도 이따금 그런 비약적인 발전 현상이 나타나곤 하는 것이었다.

"우리 아이가 공부를 시작한 지 며칠 되지 않았는데 제가 보기에도 많이 늘은 것 같아서요. 고맙습니다. 선생님.”

그런 말을 들으면서도 나는 그저 ‘내가 오랜 강의 경험으로 위트와 리더십을 발휘할 줄 아는 선생이 되었구나.’ 라고만 생각했다. 재미가 있으면 열심히 하게 되고 열심히 하면 실력이 늘 수밖에 없으니까.

그런데 꼭 그것만도 아니라는 것을 최근 들어 알게 되었다. 내가 학생들에게 구양수의 삼다를 강조하며 그것을 훈련의 방침으로 삼으면서 나도 모르게 한 가지 특징 있는 교육을 덧붙여 해 옴을 알게 된 것이다. 그것은 다름 아닌 ‘고치기’였다. 그렇다. 나는 많이 읽게 하되 많이 고쳐가며 읽게 했고, 많이 쓰게 하되 많이 고쳐가며 쓰게 했으며, 많이 생각하게 하되 남의 생각을 그대로 따라가지 못하게 하고 있었다. 수업 교안을 연도별로 검토해 본 결과 점점 교안의 성격이 ‘고쳐 읽기, 고쳐 쓰기, 고쳐 생각하기’로 자리 잡고 있었다. 내 자랑이 아니라 가정형편이 넉넉지 않아서, 멀리 외국이나 지방에 있어서, 밤늦게까지 회사나 학교에 붙잡혀 있어야 하기 때문에 어쩔 수 없이 늦은 밤 혼자서 창작의 열정을 불태우는 사람에게 가장 중요한 노하우를 전해주려는 것이다.

고치고 바꿔라. 방금 읽은 소설이 아무리 재미있었어도 조금만 더 생각하면 아쉽고 부족한 부분을 찾아낼 수 있을 것이다. 남이 쓴 시를 외우는 것도 좋지만 ‘이렇게 쓰면 더 좋지 않았을까?’ 하고 고쳐 써 보아라. 처음 읽을 때에는 작가의 생각을 따라가고 두 번째는 작가의 생각에 반대하며 읽어 보아라. ‘삼다(三多)’ 만으론 부족하다. ‘삼선다(三繕多*)’ 를 해야 한다.

*선(繕)은 ‘수선하다’ ‘고치다’ 의 뜻

제3의 눈

똑같은 이야기를 가지고도 어떤 사람은 좌중을 크게 웃기는가 하면 어떤 사람은 자기가 먼저 웃느라 오히려 분위기만 썰렁하게 한다. 글도 마찬가지이다. 내가 먼저 슬프다 울부짖으면 독자는 도리어 그만큼 덜 슬퍼한다. 내가 먼저 분노에 떨고 있다고 말해버리면 독자는 그만큼 덜 분노한다. 내가 먼저 노골적으로 비판의 목소리를 높이면 독자는 그만큼 비판에 둔해지고 만다. 따라서 글을 쓰고 고칠 때에는 마치 제3의 눈을 또 하나 지닌 사람처럼 자신의 작품을 냉정히 바라보는 훈련을 할 필요가 있다. 작자인 내가 작품 속에 들어가 간섭하며 설명할 것이 아니라 차분하게 드러내며 자신의 감정과 생각을 마치 남의 것인 양 타자화(他者化)시키려 노력해야 한다. 그러한 태도는 글에 긴장미를 불어넣는다. 바로 이 '제3의 눈을 뜨고 있느냐 그렇지 못하냐'가 '문인이냐 그냥 글을 쓰는 사람이냐'를 결정짓는다고 해도 과언이 아니다. 돌팔매질을 할 때 돌멩이에 끈을 묶고 몇 바퀴 돌리다 보면 팽팽한 원심력을 지닌 원을 그리게 된다. 그 원심력이 극대화되었을 때 손을 놓으면 그렇게 날아간 돌은 그냥 팔만으로 던진 돌과는 비교할 수 없는 파괴력을 지니게 된다. 그 느낌이 중요하다.

3. 시를 맛보는 열두 가지 방법

말맛
발견
역발상
'만약에' 라는 생각
의미부여
적절한 대비
상징
파괴 혹은 전복
감정이입
의미 외의 요소
낭송, 낭독
직접 창작해 보기

말맛

시는 어렵다? 좋다. 어렵다 치자.

시는 재미없다? 인정 못함. 즐기는 법을 알고 나면 문학의 어느 장르 못지않게 재미있는 것이 시다.

시를 즐기는 첫 번째 방법은 '말맛 즐기기' 이다.

명필은 붓을 가리지 않는다는 옛말이 있지만 잘 모르고 하는 소리이다. 명필은 좋은 붓을 척 보기만 해도 골라낼 수 있기 때문에 붓을 가리지 않는 것처럼 보일 뿐이다. 영화 '까미유 끌로델' 을 보면 로댕의 제자들과 일군들이 좋은 흙을 고르느라 고생하는 모습이 첫 장면으로 나온다. 흙으로 조소를 하는 사람에겐 좋은 흙이 필수이기 때문에 그 고생을 하는 것이다. 바이올린 가운데에는 세상에 열 개도 안 되는 수공예 명품도 있다. 아무리 뛰어난 피아니스트라도 풍금으로 그랜드 피아노보다 더 낫게 연주할 수는 없다. 명연주자를 가르는 기준 가운데 절대로 빼놓을 수 없는 것이 '재료를 얼마나 잘 다루느냐' 이다. 명연주자가 재료의 품질을 아무렇지도 않게 생각할 리가 있겠는가.

문학의 주재료는 두 말 할 것도 없이 '언어' 이다. 좋은 문필가는 말을, 특히 자기 나라의 말을 잘 다루는 사람이다. 따라서 '말맛' 즐기기는 문학 작품을 감상하는 좋은 방법이 될 수 있다. 같은 나랏말을 쓰는 사람이 그것을 얼마나 말맛 나게 사용하는가를 보는 것만으로도 읽기가 즐거워질 수 있다.

좋은 예로서, 김소월의 시 '진달래꽃'은 이별 앞에 선 화자의 태도가 오늘날엔 그다지 호응을 얻기 어려운 소극적인 모습임에도 불구하고 여전히 사랑받고 있다. 오죽하면 현대적인 가락으로 리메이크가 다 되었을까. 마야라는 가수가 부른 '진달래꽃'을 들으면 학창시절 처음 느꼈던 '진달래꽃'과 현격한 차이가 있다. 기존 시의 말맛에 현대적인 분위기가 더해져서 오늘날 젊은이들의 정서에까지 닿아있는 것이다. "날 떠나 행복한지. 사랑 그 아픔이 너무 커. 숨을 쉴 수가 없어. 그대 행복하길 빌어줄 게요. 내 영혼으로 빌어줄 게요."가 "나 보기가 역겨워 가실 때에는 죽어도 아니 눈물 흘리오리다."에 덧붙여져 있다. 유학을 간 학생이 홈스테이 집에서 식사기도 대신에 '진달래꽃'을 외워 읊었는데 그 집 주인인 외국인들이 "한국말은 시처럼 아름답군요."라고 했다는 일화도 있다. 뜻을 모름에도 불구하고 시라고 느낄 만큼 김소월의 시는 말맛이 뛰어나다.
(일화는 영문학자 박용주의 수필 '나 보기가 역겨워'에서)
김소월보다 조금 뒤의 세대인 서정주의 경우엔, 친일행적과 군부독재 정권 하의 독재자 찬양 등 도저히 지식인으로서 존경 받기에 적합지 않은 인물임에도 불구하고 한국의 문학도들은 그의 텍스트를 아니 공부할 수 없다. 그가 이룩해낸 '말맛' 의 위력이라 하겠다.

말맛의 정수를 맛볼 수 있는 부분은 역시 시이다.

말맛은 말더듬이의 말로도 시를 만든다.

"소 소름 끼쳐 터 텅 빈 도시 / 아니 우 웃는 소리야 끝내는 / 끝내는 미 미쳐 버릴지 모른다 / 우우 보트 피플이여 텅 빈 세계여 / 나는 부 부 부인할 것이다."

(이승하 詩 '畵家 뭉크와 함께' 전문)

말맛은 혀가 짧은 사람의 말로도 시를 만든다.

"그런 그에게 그, 리, 움, 을 강요하면 그, 디, 움, 한다 / 사람 좋은 그와의 술자리에서 / 나는 희미하게 바랜 옛사랑의 그림자를, / 그는 언눅으로 남았을 옛사당의 그딤자를, "

(졸시 "혀 짧은 그리움. 아니, 그, 디, 움,"에서)

말맛은 심지어 욕설로도 시를 만든다.

"명월이 만공산 할 제 달빛 아래 휘영청 안기고픈 사나이가 없고 지랄이야. 아, 일도창해 하면 다시 돌아오기 어려운 길 어째서! 이 몸과 더불어 유장하게 한 번 뒤척여 볼 박연폭포 같은 사내가 없고 지랄이야."

(박이화 詩 '고전적인 봄밤' 에서)

발견

'발견'을 중점으로 시를 즐기는 방법 또한 아주 훌륭한 '시식법(詩食法)'이다. 기실 시의 출발은 시인의 발견이라고 해도 과언이 아니다.

시작법을 간단히 한 문장으로 정리하라면 이렇다.

〈무심코 보아 넘겨 버리기 쉬운 것에 눈길을 주어 그 눈길을 거두기 전까지 집요하게 응시하며 마침내 새로운 의미를 찾아내는 것.〉

시인이 발견하여 시의 재료로 삼는 대상은 정말이지 끝이 없다. 독특한 작품 몇 개를 소개한다.

[예1] 문정희 시인은 어느 날 '옹'이라는 글씨를 무심코 들여다보다 이 글씨는 참 정겹구나 하는 생각을 하게 된다. 모음 'ㅡ'를 가운데에 두고 위 아래의 ㅇ이 마치 사랑을 나누고 있는 연인의 모습처럼 보였기 때문이다.

햇살 가득한 대낮
지금 나하고 하고 싶어?
네가 물었을 때
꽃처럼 피어난
나의 문자(文字)

　　　　"응"

　　동그란 해로 너 내 위에 떠있고
　　동그란 달로 나 네 아래 떠있는

　　이 눈부신 언어의 체위

　　오직 심장으로
　　나란히 당도한
　　신의 방

　　너와 내가 만든
　　아름다운 완성

　　땅 위에
　　제일 평화롭고
　　뜨거운 대답
　　"응"

　　(문정희 〈"응"〉 全文)

[예2] 이정록 시인은 어느 날 말라붙은 저수지 밑바닥을 지나간 새 발자국을 보면서 그 발자국의 모양이 마치 화살표 같구나 하는 생각을 하게 된다. 그런데 그 발자국이란 것이 새가 나아간 방향과 정반대, 즉 뒤를 향하고 있다. 그 발견을 바탕으로 계속하여 한층 더 깊은 인식을 펼친다. 시 전체가 품은 속뜻은 단박에 이해하기 어려울 수도 있겠으나 이러한 발견을 즐기는 것만으로도 시를 감상하는 묘미로 부족함이 없다.

말라붙은

저수지 밑바닥을

끈적끈적 지나간 새 발자국

그가 바라보았던 풍경의

반대편으로 화살표 찍혀 있다

새는 왜 눈뜬 것들에게

과거 쪽으로 과거 쪽으로

화살을 쏘며, 사라졌나

두개골을 닮은 마지막 웅덩이,

시궁창 하늘 속으로

(이정록 〈새발자국을 따라서〉 全文)

[예3]정일근 시인의 〈적(寂)〉이라는 시는 시인이 눈 오는 날 산에 있는 절에 갔다가 공중전화를 걸고 있는 어느 젊은 여승의 뒷모습을 발견하는 것으로부터 시작된다. 전화선은 속세와 절을 잇고 있고 하얗게 내리는 눈은 발자국을 덮어 가리고 있는데, 그 대비가 너무 선명하여 눈물겹기까지 하다. 산사에 내려 쌓이는 눈을 눈공양이라 표현하는 것도 참으로 압권이다.

작은 등불을 밝히고 일주문 밖 공중전화 부스 안에서

전화를 거는 젊은 여승의 뒷모습을 보았습니다

저녁부터 시작한 산사의 눈 공양은 새벽이 와도 그치지 않고

고요한 절 마당 위로 더욱 적요한 눈만 덮여 법도 말씀도

동백나무들의 뿌리마저 추운 잠에서 깨어나지 못할 때

몰래 마음 문 열고 나와, 끊어진 세상의 길에 줄 이으며

파르스름하게 떨리는 목덜미를 보고 말았습니다

그 모습 누가 볼까, 눈발은 소리 없이 굵어졌지만

문 안에서 따라 나온 긴 발자국들도 이내 숨어버렸지만

(정일근의 〈적(寂)〉 全文)

예를 들자면 세상의 훌륭한 시가 다 예시가 될 것이니 끝이 없겠다. 시를 감상하는 재미를 들인지 얼마 안 된 사람이라면 굳이 억지로 시 전체를 소화하려 애쓸 게 아니라 '이 시에선 시인이 어떤 색다른 것을 발견했나?' 하는 호기심으로 출발해 보는 것도 좋겠다. 앞서 이야기한 '말맛' 까지 염두에 두어, '어떤 발견을 얼마나 맛깔스러운 언어로 표현했을까?' 하는 호기심으로 접근해 보자.

역발상

누가 한 말인지는 기억이 나지 않지만 만약 저 말이 독재자의 입에서 나
왔다면 그는 틀림없이 장기집권에 성공했을 것이다. 그는 시가 지니기
쉬운 매우 중요한 특질을 잘 간파하고 있는 사람이다. 그 특질이란 다름
아닌 역발상, 즉 현상과 사물을 다른 사람들이 보듯 보지 않고 거꾸로 접
근하고 해석하며 풀려 드는 사고방식이다. 그리하여 퍽 자주 시 속에 들
어있는 역발상은 문제제기 역할을 하곤 한다. 독재자들이 절대로 좋아할
수 없는 특징이다. 어렵게 속이고 힘들여 굴복시킨 백성들이 마음속으로
'이건 아니야, 이건 아니잖아.'를 뇌까린다고 생각해 보자. 이거, 어디 독
재할 맛이 나겠나? 권력의 자리가 늘 가시방석 같을 게다.

[예1] 김영승 시인의 '반성·608'을 소개한다. 시인은 어린 시절 애써 잡
은 풍뎅이를 놓아준 적이 있었는데, 그 까닭인즉 그저 징그러웠기 때문
이었다. 어렵고 힘든 시절을 지나면서 건강도 상하고 마음도 상한 어른
이 되어 마치 하느님에게 채집당한 것처럼 아주 죽을 맛인데, 엉뚱하게
도 시인은 오래 전 그 일을 생각해낸다. 그리고 나선 '나는 아직 죽을 때

가 아니야. 내가 그 징그러운 풍뎅이를 놓아준 적이 있듯이 지금 나를 죽음 직전까지 채집하신 하느님도 나를 징그러워서 놓아주실 거야.' 하는 식으로 생각해 버린다. 일반적인 착상과는 매우 거리가 먼 발상이다.

> 어릴 적 어느 여름날
> 우연히 잡은 풍뎅이 껍질엔
> 못으로 긁힌 듯한
> 깊은 상처의 아문 자국이 있었다.
>
> 징그러워서
> 나는 그 풍뎅이를 놓아 주었다.
>
> 나는 이제
> 만신창이가 된 인간.
>
> 그리하여 주는
> 나를 놓아주신다.

[예2] 마경덕 시인의 '숫돌' 은 역발상을 맛보기에 더할 나위 없이 좋은 시이다.

> 밋밋한 돌덩이가 칼을 쥐고 논다
> 얼마나 칼을 갈아 마셨는지
> 쇠비린내 물큰 난다.
> 쇠붙이를 물어뜯은 제 몸도 우묵하다
> 허공에 무수히 칼자국이 나있다.

수동적인 이미지로 닿기 쉬운 숫돌이 이 작품에서는 철저히 능동적인 주체가 되어 있다. 밋밋한 숫돌이 날카로운 칼을 쥔다. 그리고 그것도 모자라서 쥐고 있는 칼을 가지고 논다. 이 얼마나 통쾌한 '역발상'이요 '낯설게 하기'인가? 날카롭고 모난 이미지가 난무하는 현대시의 세계에 밋밋하고 둔중한 숫돌이 '감히 여기가 어디라고, 덜컥!' 쳐들어 왔다. 그것도 날카롭고 모난 것의 대명사인 칼을 움켜쥐고 노는 모습으로. 숫돌은 물에 젖은 칼날을 받아들인다. 칼은 거기에 갈아 마셔지면서 다시 날카로움을 되찾고, 숫돌은 칼의 살점들을 말아 먹고 뜯어 먹는다. 칼은 다시 날카로워졌지만 숫돌에 눈에 드러나는 상처를 내지는 못한다. 다만 쇠비린내를 '물큰' 풍기는 숫돌이 자기 몸을 내어준 그 자리에는 상처 대신 우묵한 허공이 남는다. 거기 비로소 숫돌의 상처가 있다.

[예3] 강민숙 시인은 불의의 사고로 남편을 잃고 보험회사의 부당한 횡포에 대항하여 끝내 소송을 승리로 끌어간 적이 있는 여성이다. 나는 그녀가 그런 일을 이루어낸 힘 역시 시인다운 역발상의 힘 때문이었을 거라 믿는다. '아니야, 이건 아니라고!' 그렇게 외치는 내면의 소리를 행위로 옮겼기 때문이라고. 꽃이 바람에 시달린다 하여 꽃이 바람을 탓할 것이라 생각한다고 믿을 수 없는 것처럼.

색이 없다는 것은,
자기의 색깔이 없다는 것은 슬픈 일이다.
그래서 꽃은 색의 의미를 안다.

색을 고르기 위해

뿌리는 어둠 속에서도 잠들지 않는다.

노랑, 빨강, 분홍 옷감을 고르기 위해

꽃은 자기의 목숨을 건다.

그러나, 꽃은

결코 어둠의 옷을 입지 않고

땅 속 어둠을 어둠으로 피워내지는 않는다.

보이지 않는 어둠은

향기가 아니라는 것을 꽃은 안다.

눈이 오면 눈이 되고

비가 오면 비가 되는 몸부림으로

돌 틈, 바위 틈서리

부둥켜안고 혼자 목울음을 운다.

어둠을 뽑아

살아 있는 빛을 피우기 위해

바람의 푸른 눈망울 앞에

(강민숙 '꽃은 바람을 탓하지 않는다' 전문)

한 편의 시를 읽다가 내가 그동안 미처 생각하지 못했거나 전혀 의심하지 않고 믿어온 것을 정면으로 뒤집어엎은 생각을 발견하면 묘한 충격을 받게 된다. 그러한 충격은 우리의 두뇌를 좀 더 유연하게 해주고 우리의 눈과 귀를 좀 더 밝게 해 줄 것이다. 내 생각의 주체가 남이 아닌 '나' 인 사람으로 생활하고 싶다면 시를 찾아 읽기 바란다. 특히 역발상의 시를.

'만약에'라는 생각

지극히 사적인 이야기지만, 나는 문인들만의 자리가 아닌 곳에서 스스로를 시 쓰는 사람이라 소개하는 것을 아주 어색해 한다. 시에 대한 지극한 외경심 때문에 감히 시인으로 불리는 것을 두려워한다고 생각진 마시길. 까닭인즉, 시인에 대해 대중이 지닌 선입견이 부담스럽기 때문이다.

어떤 외국인이 내게 나를 만나고 나서 그동안 자기가 지니고 시인에 대한 선입견이 바뀌어버렸다는 말을 해서 크게 웃은 적이 있다. 시인은 어딘가 별난 사람일 것 같은데 나는 너무 평범해 보인다나.

그런데 솔직히 말해 시인은 사실 조금 별난 사람이 맞긴 맞다. 시를 쓰려면 생각 속에 if가 자주 들어갈 수밖에 없기 때문이다. 시인은 '만약 이러저러하다면?' 하는 생각을 거의 습관처럼 한다. 대상을 대상 그대로 보려 하지 않으려 드니, 뭐랄까, 곱게 미친 사람들이랄 수 있겠다.

그럼 시인이 어떤 식으로 곱게 미치는지 실제 작품들을 예로 들어 이야기해 보겠다.

[예1] 시인의 '만약에'의 대표적인 유형은 감정이 없는 사물을 감정이 있는 존재로 생각하는 것이다. 기왕 내 이야기로 출발한 글이니 뻔뻔스레 졸작 이야기부터 해보겠다.

어느 여름 '늦바람 난 선풍기' 라는 제목의 시를 써서 블로그에 올린 적이
있다. 전문은 이렇다.

> 선풍기가 탈이 났다
> 얼굴을 어느 한곳에 고정시키지 않아
> 그가 일으키는 바람을
> 내 쪽으로 붙잡아 놓을 수 없다
>
> 미풍 약풍 강풍
> 위로 아래로
> 젖히고 숙이고
> 타이머 예약도 할 수 있으니
>
> 선풍기는 여전히 내게
> 해줄 수 있는 것이 해줄 수 없는 것보다 많을
> 고맙고도 살가운 곁지기인데
> 저 딴전피우기가 영 늦바람만 같다
>
> 한 사람만 바라보는 일이
> 선풍기라 그저 쉽기만 하였을까

이 글을 올렸더니 블로그를 통해 아는 분들이 날더러 요즘 연애하느냐,
곁지기가 속을 썩이느냐 등등 안부가 연달았다. 개인 생활사와 전혀 무
관하게 그저 '한 사람만 바라보는 성실한 사랑이 결코 쉽지만은 않다' 하
는 생각을 선풍기를 통해 말해 보았을 뿐이다.

[예2] 시인 특유의 긍정적인 사고가 '만약에'를 만나 묘한 감동을 자아내는 경우도 많이 볼 수 있다. 특히 자기가 처한 어려운 현실을 다룬 시편 가운데에 그러한 것들이 많다. 이면우의 '임금 인상'을 읽어보자.

> 여섯 자리 자동차 번호판 중 어떤 건
> 등 서늘해지도록 몇 년째 내 임금과 닮았다 그러나
> 체념을 모르는 나는 스스로 임금인상을 결행한다
> 아침 일찍 출발해 산길 십리쯤 걸어 출근하고 건강관리비 십만원
> 돌아와 초등학교 오학년 아이 학습 도와주고 자녀교육비 십만원
> 구내식당 보일러 손봐주고 점심 제공 받으니 식대 오만원
> 누가 일년 단위 계약직 보일러공의 임금을 물어오면 짐짓 그렇게
> 상기의 금액을 덧붙여보기도 하는 것이다.

백만부터는 일곱 자리이다. 그러니까 이 시에서 몇 년째 여섯 자리인 월급이란 백만 원도 안 되는 월급을 뜻한다. 박봉이다. 그럼에도 남들 다 쓰는 교통비와 교육비와 식대를 아낀 금액이니 받은 임금에 보태어도 좋지 않겠느냐 묻는, 어찌 보면 달관이고 어찌 보면 해학이고 어찌 보면 자조랄 수도 있겠다.

[예3] 일상에서 만난 장면에 대해 시인이 나름대로 해석을 하여 시가 되는 경우도 있다. 시인의 '만약에'와 일반인의 '만약에'는 확실히 다른 구석이 있다. 정호승의 '꽃과 나'를 읽어보면 좋은 시인일수록 대상과 교감하는 능력이 남다름을 실감할 수 있을 것이다.

한 중년 사내가 이른 아침부터 꽃송이 앞에 웅크리고 앉아 하염없이 그 꽃을 바라본다. 사내는 꽃의 보드라운 살갗을 손을 뻗어 만지지 않고, 꽃 가까이 코를 대어 냄새 맡지도 않고, 꽃을 꺾지 않고 그저 물끄러미 바라본다. 그러다가 빙긋 웃는다. 순간 꽃도 살짝 움직인다. 이제 보니 사내는 꽃 앞에서 햇살을 막고 있던 게 아니라 꽃과 함께 눈부신 햇살을 받아들이고 있다. 꽃과 사내가 함께 환하다. 어쩌면 저 사내에게도 꽃송이 앞에서 눈물 그렁했던 나날이 있었을지 모른다. 웃으면서 마주보든 울면서 마주보든 앞으로도 꽃은 사내가 자기와 동족임을 의심치 않을 것이다.

[예4] 실제로 존재하지 않는 것에 대해 '만약에 그러한 것이 존재한다면?' 하고 생각하다가 시가 되는 경우도 많다. 장정일의 'Job 뉴스'란 시를 감상해 보자.

봄날,

나무벤치 위에 우두커니 앉아
〈Job 뉴스〉를 본다.

왜 푸른 하늘 흰 구름을 보며 휘파람 부는 것은 Job이 되지 않는가?
왜 호수의 비단잉어에게 도시락을 덜어 주는 것은 Job이 되지 않는가?
왜 소풍 온 어린아이들의 재잘거림을 듣고 놀라는 것은 Job이 되지 않는가?
왜 비둘기 떼의 종종걸음을 가만히 따라가 보는 것은 Job이 되지 않는가?
왜 나뭇잎 사이로 저며 드는 햇빛에 눈을 상하는 것은 Job이 되지 않는가?
왜 나무벤치에 길게 다리 뻗고 누워 수염을 기르는 것은 Job이 되지 않는가?

이런 것들이 40억 인류의 Job이 될 수는 없을까?

Job의 발음이 연상시키는 '잡(雜)스러움'과 Job의 뜻인 '직업'과 Job의 첫 글자를 전부 대문자로 쓴 점(성경에 등장하는 인내의 화신 '욥'의 영문 이름이 Job이다)과 그가 한 때 제법 좋은 평판을 얻었던 시인이었다는 점과 시인은 직업일 수 없다는 점과 요사이 소위 시라 일컬어지는 것들이 꽤 잡스러워졌다는 등 여러 가지 생각들 속에서 이 시를 읽는 나의 눈은 여러 차례 위아래로 피드백을 했다. 그가 저 시를 썼을 당시에 40억이었던 인구는 지금 60억을 넘어섰다. 그 사이 저런 Job 가진 사람 하나쯤 생겨났을까?

시 속에 스며있는 '만약에'를 즐기다 보면 '곱게 미친 인간의 세계'를 이해하는 데에 약간이나마 도움이 될 것이다.

의미부여

시 한 편에는 대체로 한 가지 이상의 장면이 있다. 장면 없이 관념만으로 이루어진 시편도 있지만 그런 작품 가운데에는 **빼어난** 작품이 매우 드물다.

가장 일반적이고 교범적인 시작법 순서는 다음과 같다.

<주제의식을 직접 드러내기에 앞서 그것을 뒷받침해 줄 장면을 제일 먼저 제시한다. 이어 그 장면을 새롭고 남다르게 해석하고, 그 해석을 바탕으로 주제를 드러내고, 다시 처음에 제시한 장면의 전체 혹은 부분을 환기시키는 순서로 끝을 맺는다.>

이를 '문득', '곰곰', '다시' 세 개의 부사를 이용하여 요약해 설명하면 이렇다. (자세한 내용은 제2부「구성: 문득, 곰곰, 다시」참조)

1. 문득: 장면을 제시하여 눈길을 끈다.
2. 곰곰: 장면에 의미를 부여하고, 그렇게 부여한 의미를 주제와 연결시킨다.
3. 다시: 제시한 장면을 새롭게 환기시킨다.

실제 작품을 예로 들자면,

[예1] 다음은 2005년도 세계일보 신춘문예 당선작인 윤진화의 '모녀들의

저녁식사'라는 시를 산문으로 풀어본 것입니다. 원작은 인터넷에서 쉽게 찾아볼 수 있으니 여기선 전문 소개는 생략하고 내용만 소개하겠다.

어느 날 우리 집 식탁을 보니 고기라곤 한 점도 없고 온통 식물성 반찬(배추김치, 파김치, 상추겉절이, 오이소박이 따위)입니다. 한 마디로 풀밭입니다. 게다가 이거 웬 걸? 하얀 접시에는 말이 그려져 있습니다. 말이 좋아할 만한 식탁의 메뉴입니다. 가만히 귀를 기울이면 다른 곳에 말들도 이곳으로 올 듯합니다. 어쩐지 이곳을 찾아오는 말은 주인을 버리고 오는 말 같습니다. 이어 말을 찾아 말갈기 같은 머리카락을 휘날리며 아마존의 여전사들이 찾아올 것 같습니다. 아마존의 씩씩한 여전사들은 활을 쏘기 위해 유방 하나를 잘라낸다고 합니다. 내 어머니도 유방 하나를 잘라내셨습니다. 씩씩하게 한 생애를 살아오시다 유방암에 걸린 어머니는 아마존의 여전사들 가운데서도 으뜸인 여왕 '히폴리테'입니다. 히잉! 말이 울고 전사들이 몰려오는 소리, 그러나 침묵인 소리를 혹시 어머니는 듣고 계시지 않은지요? 히잉! (말이 우는 소리이자 딸인 화자가 우는 소리이기도 한)

[예2] 김춘수 시인의 '산보(散步)길' 전문은 달랑 세 문장이다.

어떤 늙은이가 내 뒤를 바짝 달라붙는다. 돌아보니 조막만한 다 으그러진 내 그림자다. 늦여름 지는 해가 혼신의 힘을 다해 뒤에서 받쳐주고 있다.

불과 세 문장으로 이루어진 이 짧은 시에는 대가다운 말 다루기 솜씨가 빛난다. 먼저 등 뒤의 그림자를 제시한다. 그런데 시인은 자기 그림자를 늙은이라 부르고 있다. 나와 함께 태어나서 나와 함께 사라질 그림자이니 내가 늙은 만큼 저도 늙었으리라 하는 논리이다. 돌아보니 과연 그림자도 나만큼이나 조그맣고 나만큼이나 으그러져 있다. 산보길 묘사는 전혀 없지만 지형특성상 그림자가 반듯하고 길게 늘어질 만한 곳이 아니었나 보다. 아직 여름은 다 가지 않았고 해도 다 저물지 않았다. 그래서 그림자는 그나마 여전히 내 등 뒤에 바짝 달라붙어 있다. 늦여름의 해를 늙은 시인의 영혼에 아직 남아 있는 열정으로 보아도 무방하겠다. 산보는 물론 인생으로 봐도 좋다. 노시인의 생애와 정신이 '그림자' 라는 매개체를 통해 잘 드러나고 있다. 언어가 극도로 절약되어 있긴 하지만 문득, 곰곰, 다시 살필 것은 두루두루 다 잘 살펴서 쓴 수작이다.

아름답게 보는 눈이 있어 아름다움도 있다.

적절한 대비

한 가지 색으로만 이루어진 그림은 없다. 최소한 하나의 색과 여백을 이루는 또 하나의 색, 그렇게 둘은 필요하다. 한 가지 음으로만 이루어진 음악은 없다. 하나의 음계만으로 작곡을 해도 장단이 다르니 같은 음이라 할 수 없다. 궁극적으로 음악은 소리와 소리 없음의 대비로 이루어진 조합이다. 이렇듯 예술 창작물은 대비효과를 떼어놓고선 생각할 수 없다. 문학도 마찬가지이다.

대비되는 대상끼리는 서로 상식적인 관련성이 멀수록 효과적이다. 읽는 이가 '아, 세상에! 어쩌면 그런 식으로 연결시켜 생각할 수 있을까!' 하는 감탄을 자아낼수록 인상적인 작품이 된다. 보색대비일수록 눈에 잘 띄는 것과 같은 원리. T.S.엘리엇은 이러한 '객관적 상관물'의 발견을 정서를 표현하는 유일한 방식이라고까지 말했다.

백문불여일견(百聞不如一見)이니 기성시인들의 실제 발표작을 보며 적절한 대비의 효과를 감상해보도록 하자.

[예1] 서정춘의 'ㅇ(이응)'은 ㅇ의 특징을 여러 가지 사물과 현상에 대비시킨 매우 감각적인 시이다. 모음이면서 동시에 자음인 글자. 비어있을 때에는 모음이면서 든든하게 떠받칠 때는 자음인 글자. 서정춘 선생의 시

집 「죽편」 속에 있는 절창들이 너나없이 ㅇ(이응)을 닮았다는 엉뚱한 생각을 해보았다. (훗날 시인으로부터 직접 들은 바로, 'ㅇ(이응)'은 시집 「죽편」 속의 작품들과 같은 시기에 쓰였지만 시집의 편집방향과 달라 그 다음 시집인 「봄, 파르티잔」에 실리게 되었다 했다.)

ㅇ하면
은빛으로 구르는
굴렁쇠 소리
ㅇ하고
꽃잎에
이슬로 맺히리

다시
이슬에게 ㅇ하면
입 맞추고 떨어지는 입술
꽃잎을 보리
꽃잎 진 그 자리에
ㅇ이 맺혔으리
꼭지를 달고

주렁 주렁 주렁
모든 열매는 다
모두 다 ㅇ이리
ㅇ ㅇ ㅇ을
여러 번 소리 내면
너나 나나 모두가

ㅇ이 될 터

[예2] 최승호의 '공장지대'는 무뇌아를 낳은 산모의 자궁과 환경오염의 주범인 공장지대를 서로 긴밀하게 대비시켜 끔찍한 이미지를 그려냈다. 이 시를 읽노라면 저절로 환경오염에 대한 경각심이 인다.

무뇌아를 낳고 보니 산모는
몸 안에 공장지대가 들어선 느낌이다.
젖을 짜면 흘러내리는 허연 폐수와
아이 배꼽에 매달린 비닐끈들.
저 굴뚝들과 나는 간통한 게 분명해!
자궁 속에 고무인형 키워온 듯
무뇌아를 낳고 산모는
머릿속에 뇌가 있는지 의심스러워
정수리 털끝을 하루 종일 뽑아댄다.

– 최승호 '공장지대' 전문

[예3] 이성복은 개성 있는 시를 연이어 발표하여 80년대 한국시단을 풍요롭게 한 시인이다. '그 여름의 끝'은 백일홍과 절망을 교묘하게 대비시켜 비장미(悲壯美)를 이룩한 수작이다. 백일홍과 절망은 '넘어지면 매달리고 타올라 불을 뿜' 듯이 악착같았지만 결국 '장난처럼' 끝이 나고 만다.

그 여름 나무 백일홍은 무사하였습니다.

한차례 폭풍에도 그 다음 폭풍에도 쓰러지지 않아 쏟아지는 우박처럼 붉은 꽃들을 매달았습니다.

그 여름 나는 폭풍의 한가운데 있었습니다.

그 여름 나의 절망은 장난처럼 붉은 꽃들을 매달았지만 여러 차례 폭풍에도 쓰러지지 않았습니다.

넘어지면 매달리고 타올라 불을 뿜는 나무 백일홍의 억센 꽃들이 두어 평 좁은 마당을 피로 덮을 때, 장난처럼 나의 절망은 끝났습니다.

— 이성복의 '그 여름의 끝' 전문

[예4] 박승미의 '모과'는 습작하시는 분들이 그 스타일을 따라 써보면 매우 도움이 되리라 싶다. 제목은 '모과', 본문의 내용은 '모과 같은 여자'.

허리끈을 풀어 놓고 누운 여자

경사가 급하지 않아서
잠시 쉬어 가고 싶은

이 봐
하고 툭 치면
응
나?
하고 돌아눕는
살찐 여자의 누드.

— 박승미 '모과 1' 전문

[예5] 김혜순의 '피 흘리는 집'을 읽다 보면 적절한 대비를 찾는 일에도
역시 시선의 따뜻함이 얼마나 중요한지 새삼 깨닫게 된다.

눈이 내려

집을 찬찬히 감는다

하늘나라의 붕대가

내려와 상처 난 집을 찬찬히

감는다

피고름이 멈추지 않는다

집은 열이 몇 도나 될까

피 흘리는 집이 붕대를 녹인다

붕대 밖으로도 피고름이 흘러넘친다

상처 속에서 뛰어나온 우리들이

눈치우개를 들고

이 놈의 더러운 붕대!

피 묻은 붕대를 밀어낸다

(눈 녹은 뒤

상처는 더욱 선명하다)

— 김혜순의 '피 흘리는 집' 전문

저것은 무엇에다 비할 수 있을까, 하는 생각이 시를 수태한다. 적절
한 대비가 이루어진 글은 설령 시가 되지 못한다 하더라도 최소한
시적인 글은 된다. 무관했던 것들이 서로 밀접해지는 일은 즐겁다.
이 즐거운 뚜쟁이 역할에 동참해볼 생각은 없는지?

상징

"시는 너무 어려워요."

누군가에게 시 이야기를 꺼내거나 시를 좀 써 보라 권유하면 기다렸다는 듯이 나오는 말이다. 충분히 이해한다. 내가 보기에도 읽기 어려운 시가 우리 시단에는 참 많다. 그러니 쓰기 어렵다는 생각이 드는 것도 당연.

현대시는 '듣는 시'에서 '보는 시'로 옮겨왔다. 그런데 '보는 시', 즉 이미지 중심의 시 한가운데에 상징이 있다. 이 상징이야말로 시를 어렵게 만든 일등공신이다. 어려워졌다 함은 독자를 괴롭힘과 일맥상통하는 말인데 어째서 '주범'이 아닌 '공신'이란 표현을 쓰냐고 독자는 내게 묻고 싶어질 것이다.

상징을 이용하면 그렇게 하지 않을 때에 비해 몇 가지 이득이 있다.

첫째, 보이지 않는 것을 보이는 것처럼 말할 수 있다.

"매우 암담한 상황이었는데 해결책이 보이기 시작했어."라고 말할 것을 "컴컴한 동굴 속에서 한 줄기 빛을 보았어."라고 말함으로써 관념을 감각으로 끌어들일 수 있다. 관념은 막연히 이해하는 게 고작이지만 감각은 느낄 수 있는 것이니 상징을 사용하면 전달력이 더욱 커질 수 있다.

둘째, 상징을 사용하면 독자(혹은 청자)를 고를 수 있다. 곧바로 이해되는 것보다 시간을 두고 이해되는 편이 나을 때라든지, 어느 정도 지식과 교양을 갖춘 사람에게만 이해받고 싶을 때라든지, 시인 자신과 문화적 동질감이 있는 공동체에게만 이해받고 싶을 때 상징은 매우 효과적이다. 시인은 비교적 이해하기 쉬운 원형적이고 대중적이며 보편적인 상징을 사용하기도 하지만, 좀체 이해하기 어려운 그만의 상징을 사용하기도 한다. 후자의 경우 시는 '모국어 속의 외국어'이자 '암호'가 된다.

셋째, 상징을 사용하면 다양한 해석이 가능해질 수 있어 시대와 지역의 한계를 넘어설 수 있다. 두 가지 이상의 상황에 두루 걸쳐 적용할 수 있도록 상징을 사용하는 경우이다. 권력자의 억압 속에서 시인들은 상징을 이용해 빈정거리곤 하는데, 이는 상징적 표현을 통해 발뺌을 하고 잡아뗄 수 있기 때문이다. 이를 '알레고리적인 상징'이라 말하기도 한다.

(참고로, '알레고리'란 추상적인 개념을 직접 표현하지 않고 다른 구체적인 대상을 이용하여 표현하는 문학형식을 말한다. 우리말로는 우의(寓意) 또는 풍유(諷喩)라고 말하며, 대표적인 것은 사람으로 빗대어 표현하는 의인화이다.)

결론! 상징으로 표현하는 일은 인간의 특기이자 권리이다. 비록 '시는 어려운 것'이라는 인식을 심어주고 있긴 하지만 상징은 시라는 예술의 위상을 높여주는 공신이다. 우리가 어떤 것을 '시적이다'라 할 때 그 말은 '훌륭한 상징이 들어있다'는 뜻일 경우가 대부분으로 지금 이 시간에도 숱한 시인들이 좀 더 새롭고 효과적인 상징을 찾아 광활한 언어의 우주를 유영하고 있다.

상징이 어떻게 쓰이는지 실재 작품을 통해 살펴보도록 하자. 다음은 정지용의 '유리창' 전문이다.

유리에 차고 슬픈 것이 어른거린다.
열없이 붙어 서서 입김을 흐리우니
길들은 양 언 날개를 파다거린다.
지우고 보고 지우고 보아도
새까만 밤이 밀려 나가고 밀려와 부딪히고,
물 먹은 별이, 반짝, 보석처럼 박힌다.
밤에 홀로 유리를 닦는 것은
외로운 황홀한 심사이어니,
고운 폐혈관이 찢어진 채로
아아, 늬는 산새처럼 날아갔구나!

이 시는 정지용 시인이 아들의 죽음을 겪고 난 슬픔을 노래한 시로 널리 알려져 있다.

1. 〈유리창〉은 살아있는 자와 죽은 자의 경계를 상징하는데 유리의 특징인 견고함과 투명성 때문에 두 세계를 연결하는 동시에 단절시키는 역할을 한다. 죽은 자를 그리워하는 일이 마치 닫힌 유리창으로 그 너머

를 보는 것과 같다는 생각이 제목에 반영되어 있다.

2. 유리창에 어른거리는 〈차고 슬픈 것〉은 죽은 사람의 영혼이 남긴 기운이겠다.

3. 산 자만이 호흡할 수 있는 것이니 유리창을 흐리게 만드는 〈입김〉은 아버지인 화자의 숨결에서 비롯된 것일 테고.

4. 〈날개〉는 죽은 아들의 영혼이 움직이는 것을 형상화한 것으로 볼 수 있다. 그것이 내가 뿜어내는 입김에 길들어 파닥거린다고 말하니 이는 도로 살아왔으면 하고 바라는 간절한 마음으로 해석해도 무방하겠다.

5. 지우고 보고 지우고 보아도 아들이 가고 난 현실은 새까만 밤일 따름.

6. 〈별〉은 죽은 자의 상징물로 많이 쓰이는 것인데, 〈물먹은 별〉이 반짝, 보석처럼 박힌다고 하니 눈물의 이미지와 겹친다.

7. 〈밤에 홀로 유리를 닦는 것〉은 아들이 가고 없는 캄캄한 세상에 생생한 그리움과 단절감을 함께 맛보며 사는 화자의 모습.

8. 외로운 황홀한 심사라는 부분은 상징은 아니지만 역설적으로 시인의 의연한 자세를 보여주고 있다.

9. 〈고운 폐혈관이 찢어진 채로〉는 이 시가 아들의 죽음과 관련된 것임을 증명하는 곳이다. 영양 상태와 위생 환경이 좋지 않았던 그 당시에는 폐질환으로 사망하는 사람이 많았다고 한다.

10. 〈산새처럼 날아갔구나〉에서 시인이 아들의 영혼을 그냥 〈새〉라고 쓰지 않고 〈산새〉라고 쓴 데에도 사연이 있을 법하다. 〈산에 있는 무덤에 묻은 까닭일까? 어쩌면 아들의 영혼이 자유로워지기 바라는 마음으로 좀 더 자

연과 친숙한 새를 택했는지도 모르겠다.) 어쨌든 아들은 더 이상 내 곁에 있지 않고 날아갔다. 어미를 〈~구나〉로 처리하여 체념의식을 담고 있다.

상징이 많이 쓰인 작품을 읽으며 독자는 마음속으로 '그냥 직접 말하면 될 걸 왜 굳이?' 하고 생각할 수도 있다. 정말 왜 굳이 상징을 사용할까? 그 까닭은 우리가 그림을 그리거나 사진을 찍는 마음과 비교해 보면 이해할 수 있을 법도 하다. 관념은 눈으로 볼 수 없는 것이니 그려내거나 찍어서 남길 수 없다. 그것을 상징으로 쓰면 상상할 수 있는 것이 되고 남길 수 있는 것이 된다. 정지용의 시 '유리창'을 상징의 의미를 모른 채 읽으면 그저 난해할 따름이지만 상징을 이해하는 순간부터 시인의 마음이 기록과 보전이 가능한 가시적인 물체처럼 우리 마음에 와서 닿게 된다. 아주 선명하게!

파괴 혹은 전복

앞서 시를 맛보는 방법으로 '역발상' 을 들었었다. 시 읽기에 익숙해지다 보면 '역발상' 이 비단 시의 내용에만 있는 것이 아니라 시의 표현에 광범위하게 걸쳐 있음을 알게 된다.

좋은 시의 특성 가운데 중요한 하나는 '파괴 혹은 전복' 이다. 따라서 시를 생산하는 시인의 기질 역시 '파괴와 전복' 과 밀접한 것은 어쩌면 매우 당연하다. 다만 시인의 '파괴 혹은 전복' 앞에는 '창의적' 이란 수식어가 붙는다는 점이 다르다. 시인은 '창의적인 파괴' 나 '창의적인 전복' 을 실천하는 자들이다.

시에는 면허가 있다. 이것을 시적 면허(*Poetic Licence*) 또는 시적 파괴라고 한다. 파괴공학이란 학문이 있다. 거대한 빌딩을 먼지도 별로 일으키지 않고 허물어뜨리는 광경을 티브이를 통해서나마 본 적이 있는지? 파괴공학을 이용하면 거대한 빌딩들이 빽빽이 들어서 있는 도시의 한복판에 흉물스럽게 버티고 있는 건물을 말끔하게 제거할 수 있다. 테러로 무너진 무역센터나 부실공사로 무너진 삼풍백화점의 참혹한 풍경과는 거리가 멀다. 시도 마찬가지. 언어를 무분별하고 경박하게 사용하지도 않고 부실하게 사용하지도 않으면서도 기존의 작품에서는 볼 수 없었던 의미와 형식을 창조해야 좋은 시이다. 때때로 시는 언어의 파괴공학이다.

그렇게 말하고 싶다.

[예1] 김승희의 시 '13월 13일의 사랑' 은 숫제 인간사회에 존재하지 않는 달인 13월을 내세워 이 세상에 비록 존재하지 않지만 한편 반드시 존재하여야 하는 사랑을 역설한다.

그런 사랑
13월 13일 같은 그런 사랑
토끼와 거북이가 뒤로 달리는 경주를 하고
싱그러운 초원 위에 뒹굴고 노는 그런 사랑
동서남북 어디인지 알 수 없게
방향을 지우고 놀다가
끝내는 이름도 얼굴도 잃어버리는
낙원 같은 그런 사랑
토마토 한복판을 가운데로 잘라내
똑똑 떨어지는 붉은 태양혈을 배꼽에 칠하고
응애 놀이를 하며 다시 태어나는 그런 사랑
우리는 세계와 국가의 요구에 부응해야 합니다
당신은 세계와 국가의 요구에 부응……
안하는 그런 사랑
인디언 추장을 만나 손을 잡고
바람의 질주를 그리며 달리는 그런 사랑
세상의 달력을 잊어버리는
총, 성경, 질병을 잊어버리는 그런 사랑
탈주하는 사랑

탈주를 웃는 사랑

탈주조차 잊어버리는 사랑

눈보라처럼 부응할 방향 자체가 없는 그런 사랑

반대로 달려가면서도 웃을 수 있는

즐거운 즐거워서 원기 왕성해지는

13월 13일만 같은 그런 사랑

[예2] 유홍준의 시 '인공수정'은 수의사가 소에게 인공수정을 시키는 장면을 통해 우리가 살고 있는 시대의 단면을 차분하지만 매우 박력 있게 통찰하고 있다. 점잖 빼는 고리타분한 자리엔 어울리지 않겠지만, 이런 시야 말로 21세기의 트렌드에 아주 잘 어울리는 시이다.

겨드랑이까지 오는 긴 비닐장갑을 끼고 수의사가

애액 대신 비눗물을 묻히고

수의사가

어딘지 음탕하고 쓸쓸해 보이는 수의사가

소의 꼬리 밑으로

팔 하나를 전부 밀어 넣는다

소의 음부 속으로 긴 팔 하나를 모두 집어넣는다

나는 본다 멍청하고 슬픈 소의 눈망울과

더러운 똥 무더기와

이글거리는 태양과

꿈쩍도 않고

性器가 된 수의사의 팔 하나를 묵묵히 다 받아내는 소의 음부를

넓적다리와 넓적다리 사이에

가랑이 사이에

빵빵하게

공기를 집어넣을 것 같은

소의 유방에 넷, 생긴 게 꼭 무슨 고무장갑 손가락 같은 젖꼭지가 넷

귀때기에 플라스틱 번호표가 꽂혀져 있는

소는 이제 소끼리

접 붙지 않는다 더 굵고 더 기다란, 인간의 팔 하고만 붙는다

[예3] 고형렬의 '슬픈 샘의 노래'는 여성의 성기를 소재로 하여 여성의 삶을 그야말로 경건하게 다루고 있다. 음담의 소재로 날건달의 욕지거리 속에서나 떠다니며 홀대 받던 '그것'이 시를 통해 제 위치를 찾은 것이다. 마땅히 있어야 할 자리에 되돌려 놓는 것도 일종의 통쾌한 뒤집음이랄 수 있겠다. 다음은 그 전문이다.

여자의 그것은 슬프다, 걸어와서 다시,

걸어가는, 모든 여자의 그것은 위없는 슬픔,

말이 나오고 손이 나오고 발이 나왔다,

입술 속에서 모든 말이 나왔듯이,

태어난 여자, 살아가는 여자, 이미 잠든 여자,

여자들은 수없는 별처럼 말을 하지만,

아무 말 없이 조용히 있는 두 다리 사이의,

옷에 가려져 있는 그것은 애처롭다,

아무 말도 하지 않는 입술을 오므리고,

자신이 있은 이래 아무 불평이 없는 그것은,

당신의 몸 한가운데 있는 그것은,

소녀 시절, 청년 시절, 결혼 시절의 그것은,

모든 사람들이 빠져나온 사랑이었다,

강낭콩이나 닭의장풀 꽃 모양 같은 살을 들고,

그 속에서 오줌이 나오고 그 곁에,

먹은 음식을 내보내는 문이 가까이 있는,

세상 모든 여자의 작은 그것은,

자신의 모든 슬픔의 양만큼 아름답다,

나는 오늘, 그것에서 나온 모든 사람들과,

그들이 만든 모든 것을 바라보며 식사한다,

진정 세상에 슬픔의 빛깔이 있다면,

여자들의 발그스레한, 세로로 세워져 있는,

여자의 입술 같은 그것, 그 살이 아니겠는가,

그것은, 아마 여린 그것은 혼자였을 것,

눈과 사랑과 의지와 마음과 뼈를 만들면서,

그러나 언제나 조용하므로 찾고 싶은,

너는 이제 그것이 말이 없음을 알 것이다.

'오늘은 세상 어디에 사는 어느 시인이 또 어떤 관념을 어떻게 파괴하여 어떤 언어로 표현하고 있을까' 생각하다 보면 새로이 발표되는 시를 아니 읽을 수가 없다.

감정이입(感情移入)

내 느낌과 생각을 '나'를 화자로 내세워 쓴 글은 지나친 주관으로 받아들여져 공감을 얻기 힘들 수 있다. 반면 '나'가 아닌 다른 대상의 눈과 귀와 혀와 피부와 두뇌를 빌려 이제까지와 다른 시각과 청각과 미각과 촉각과 사유의 세계를 펼쳐 보이면 공감을 얻기에 훨씬 효과적이다. 바꾸어 말하면, 시인이 다른 대상에게 자신의 눈과 귀와 혀와 피부와 두뇌를 빌려주어 새로운 감각과 지성의 세계를 펼쳐 보이는 것이랄 수 있겠다. 이를 〈감정이입〉이라 한다. 먼저 감정부터 이입해야 다른 감각능력도 이입할 수 있을 테지.

똑같은 그림을 보면서도 그림을 감상하는 사람들은 각자 다른 느낌을 받을 수 있다. 인물화일 경우엔 개인차가 더욱 심하다. 거의 본능적으로 그림 속의 인물에다 자기의 감정을 이입시키기 때문이다. 자연물을 볼 때도 마찬가지. 한가위 보름달 아래 평소 풍요롭고 즐거운 사람이 느끼는 감정과 궁핍하고 고독한 사람이 느끼는 감정이 비슷할 수 없다. 달은 똑같은 달인데도.

만약 여러분이 다음 괄호 안의 내용과 같은 장면 속을 걷고 있다고 가정해 보자.

이번엔 괄호 안의 장면을 감정을 이입한 두 개의 글로 다시 적어 보이겠다.

1

시퍼렇게 멍든 하늘 아래 지붕도 없는 건물이 모자 쓴 신사인양 우쭐거린다. 숲은 닿을 수 없는 먼 곳에 있고, 거기서 왔는지 거기로 돌아가야 하는지 바람은 정처를 몰라 두리번거린다. 어디선가 아이 우는 소리에 신경질 많은 여자의 목쉰 음성이 얹힌다. 시퍼렇던 하늘이 노랗다 붉다 잿빛이 되도록 아직 속을 게워내지 못한 건물들의 층층이 설 닫힌 창문 틈새로 쪼가리 난 달빛이 비굴하게 끼어든다.

2

바다를 빨아들인 하늘 밑. 머리가 벗겨진 건물들 위로 선득 선득 바다냄새가 뿌려진다. 어디 먼 데서 숲 하나 몸채 이사를 왔는지 여기서 다소곳이 한 자락 저기선 아홉 자락 바람이 제 흥에 겨워 들썩거린다. 아이는 지는 볕이 아쉬워 울고 어미는 아이를 먹이고 씻기느라 목소리가 높다. 노을을 입은 하늘이 노랗다가 붉다가 잿빛으로 식도록 아직 한낮의 열이 미처 덜 식은 건물들 층층이 풀어헤친 옷깃 사이로 서늘한 달빛 조각이 아이스크림처럼 스며든다.

위의 두 글은 서로 형식상 대구를 이루지만 분위기는 서로 반대이다. 장면은 바뀌지 않았는데 그 장면에 이입시킨 감정이 달라서 전혀 다른 분위기의 글이 되었다. 두 개의 글 가운데 어느 쪽에 더 공감이 잘 되었는지? 아마도 현재 감정 상태에 더 잘 맞는 쪽이 더 잘 이해되었을 것이다. 나중에 다시 읽어보면 처음 읽을 때에는 별로다 여겼던 쪽이 오히려 더 잘 이해될 수도 있다.

이 장에선 기성시인의 시를 예시로 들지 않겠다. 세상에 발표된 시 가운데 감정이입과 완전히 무관한 시는 없을 테니까. 다만 한 가지 당부를 해야겠다.

어떤 시를, 특히 서정성이 강한 시를 읽을 때 그 당장 공감하기 어렵다 해서 무조건 '그 시는 내 취향이 아니야' 하고 성급히 판단하지 말기 바란다. 나를 가장 잘 아는 존재는 언제나 나 자신일 것이다, 라는 생각은 인간이 하는 가장 대표적인 오판이다. 지금 여러분 눈앞에 있는 풍경이 어떤 느낌으로 닿고 있는지? 그 느낌이 내일도 똑같으리라고 누가 말할 수 있겠는가? 지금 울고 있는 강물이 내일은 즐겁게 노래할지도 모른다. 내일은 내일의 태양이 뜰 테니까.

의미 외의 요소

시는 언어예술이다. 시는 문학의 모든 장르 가운데에서도 가장 언어를 언어답게 쓰는 문학의 꽃이다. 그런데 '시는 언어예술' 이라는 말을 우리는 '시는 의미의 예술' 이라는 말과 같은 것으로 받아들이곤 한다. 그런데 그게 꼭 그렇지만도 않다.

언어의 특질에는 의미만 있는 것이 아니다. 언어의 조합인 '구성' 이 있고 필자의 개성을 드러내는 '문체' 라는 것도 있다. 어떤 시는 독특하게 편집하여 '구성의 미학' 으로 메시지를 전달하기도 하며, 또 어떤 시는 범상치 않은 문체를 이용하여 주제를 더욱 극적으로 부각시키기도 한다.

시의 내용에 걸맞게 시행을 배치하면 시를 읽기 이전에 이미 시각적으로 그 주된 정조를 알 수 있다는 장점이 있다. 이 분야는 한국문학에서는 그다지 활발하게 시도되지 않는다. 민망하지만 졸작을 세 편만 소개해 보도록 하겠다.

'틈' 은 문자의 띄어쓰기와 행을 가름에 있어 문법과 규칙을 무시하고 시 전체를 볼 때 위와 아래가 막혀 있고 그 가운데가 금이 가 있는 모양이다. 틈이 생기려면 먼저 금이 가기 마련이다. 시를 읽기 전에 이미 기본 메시지를 눈으로 보아 알 수 있도록 했다.

재건축을꿈꾸는사람들이살고있는개미굴같은데서
살아본적이있다전세살이　보다는싸구려라도제집
이낫지싶어그러한집을내것　으로삼았었다거기집
주인들자기집에틈이생기　면무척기뻐한다원체가
날림이라서평균수명보다도　한십년은먼저헐릴것
같은집들이건만성급한　마음은남몰래제집을부수
고있었다그때부터생겨난　궁금증인데바깥에금이
가려면속안에는얼마마한틈　이생겨야할까보이는
곳의상처보다감추인곳의상처　는얼마만큼더많이
벌어져있을까무엇으로거기감추인곳메울수있을까

졸시 '미안해, 미안해요' 는 2연이 둥근 무덤 모양이다. 시작 동기는 김선
일 씨 피랍 및 피살 사건.

네 무덤 앞에 꽃은 시들고
지나쳐 가는 生은 늘 그렇게 웃는데
겨우내 얼어 있던 무덤 위로
햇살이라도 따숩게 비출라치면

　　　미안해, 미안해요
　　그렇게 울게 해서 미안해요
　　내가 꿈꾸지 말았어야 했는데
　　미안해요. 사랑하는 여인들이여
　베로니카, 마리아 막달레나, 어머니
!!!!!!!!!!!!!!!!!!!!!!!!!!????????????????!!!!!!!!!!!!!!!!!!!!!!!!!!!

'뱀' 에선 똬리를 튼 뱀의 모습을 형상화했다.

뱀

   ㅅ   ㅅ
ㅅ ㅅ ㅅ ㅅ ㅅ
     ㅅ   ㅅ ㅅ

뱀이 기어 나오려 한다.
사람의 윗니와 아랫니 사이에서 꿈틀거린다.

ㅅ
  ㅅ ㅅ ㅅ ㅅ ㅅ ㅅ ㅅ ㅅ ㅅ

뱀이 머리를 들려 한다.

ㅅ ㅅ
   ㅅ
   ㅅ ㅅ ㅅ ㅅ ㅅ ㅅ ㅅ

누군가 가슴을 크게 베일 것이다.

ㅅ ㅅ 쉿, 조용히!
        쉿,
    쉬잇,
   고요히
   이빨을
 앙다물면   달콤한
칼을   살덩어리를
 거두어들일지도 모를 일이다

예로 든 작품들처럼 시행을 독특하게 배치하여 시의 내용과 일치시키는 것은 사실 문학성이라기보다는 아이디어이므로 흔치 않다.

시의 내용과 일치시키기 위해 독특한 문체를 사용하는 경우는 자주 볼 수 있다. 시를 즐기는 방법 가운데 첫 번째로 '말맛' 을 들었었는데 그와도 일맥상통한다. 대표적인 예는 역시 사투리와 막말 사용이다.

정양 시인의 '토막말' 에는 단 한 줄의 막말이, 그것도 사투리로 들어있다. 읽어보면 저절로 느끼겠지만 그 한 줄이 그것을 에워싼 어느 구절보다 더 아름답게 느껴진다.

가을 바닷가에
누가 써놓고 간 말
썰물 진 모래밭에 한 줄로 쓴 말
글자가 모두 대문짝만씩해서
하늘에서 읽기가 더 수월할 것 같다

정순아보고자퍼서죽껏다씨펄.

씨펄 근처에 도장 찍힌 발자국이 어지럽다
하늘더러 읽어달라고 이렇게 크게 썼는가
무슨 막말이 이렇게 대책도 없이 아름다운가
손등에 얼음 조각을 녹이며 견디던
시리디시린 통증이 문득 몸에 감긴다

둘러보아도 아무도 없는 가을 바다
저만치서 무식한 밀물이 번득이며 온다

바다는 춥고 토막말이 몸에 저리다
얼음 조각처럼 사라질 토막말을
저녁놀이 진저리치며 새겨 읽는다

이승하의 '화가 뭉크와 함께'를 읽노라면 뭉크의 대표작 '절규'에 나오
는 인물이 직접 말하고 있는 것 같다. 그것도 말더듬이의 언어로. (뭉크라
는 화가는 실제로도 말을 더듬었다고 한다.)

어디서 우 울음소리가 드 들려
겨 겨 견딜 수가 없어 나 난 말야
토 토하고 싶어 울음소리가
끄 끊어질 듯 끄 끊이지 않고
드 들려와

야 양팔을 벌리고 과 과녁에 서 있는
그런 부 불안의 생김새들
우우 그런 치욕적인
과 광경을 보면 소 소름 끼쳐
다 다 달아나고 싶어

도 同化야 도 童話의 세계야
저놈의 소리 저 우 울음소리
세 세기말의 배후에서 무 무수한 학살극
바 발이 잘 떼어지지 않아 그런데
자 자백하라구? 내가 무얼 어쨌기에

소 소름 끼쳐 터 텅 빈 도시

아니 우 웃는 소리야 끝내는
끝내는 미 미쳐버릴지 모른다
우우 보트 피플이여 텅 빈 세계여
나는 부 부 부인할 것이다

독특한 시편을 예로 들어서 그렇지 사실 어지간한 수준을 갖춘 시인이라면 시의 내용과 문체가 따로 노는 작품은 쓰지 않는다.

그밖에, 말끝을 '해라'(반말)투로 할 것이냐 '합쇼'(존댓말)투로 할 것이냐 따위도 글을 쓰는 이가 반드시 살펴야 할 '의미 외의 요소'이다.

쉼표(,) 하나 잘못 찍혀서 목숨을 구한 사람도 있다. 원본이 "사면 불가, 시베리아로 보내라."(Pardon impossible, to be sent to Siberia.)였는데, 기록담당이 "사면, 시베리아로 보내지 말 것.(Pardon, impossible to be sent to Siberia.)"으로 적는 덕분에

낭송(朗誦), 낭독(朗讀)

음악에 대한 지식이 부족하다 해서 대중음악만 즐길 수 있는 건 아니다. 악보를 볼 줄 몰라도 클래식을 즐길 수 있다. 외국어를 모르는 사람도 팝송이나 샹송, 칸초네를 즐길 수 있다. 청각장애자가 아닌 이상 누구나 음악의 다양한 음악을 즐길 수 있다. 시도 마찬가지. 문맹이 아니라면 누구나 다양한 시를 즐길 수 있다. 이 때 누구나 즐길 수 있는 시감상법의 대표랄 수 있는 것이 바로 시낭송, 즉 '시를 읽거나 외워서 읊는 것'이다.

흔히 시낭송은 목소리가 좋은 사람들이 하는 것으로 생각하기 쉬운데, 이는 노래는 성량이 풍부한 사람들이나 부르는 것으로 생각하는 것과 마찬가지이다. 지나치게 목소리에 의존하면 시의 분위기가 가벼워지는 경향이 있으므로 낭송자는 시에 대한 느낌을 진솔하게 표현하면 된다. 어설프게 가수를 모창하기보다 노랫말과 곡조에서 느낀 대로 소신껏 부르는 노래가 더욱 듣기 좋듯이, 시낭송도 그렇다.

시를 쓸 때 절대로 취하지 말아야 할 태도를 둘 꼽자면, 첫째는 토로하는 것이고 둘째는 징징 우는 소리를 내는 것이다. 과도한 영탄과 노골적인 격앙과 무분별한 감상(感傷)은 독자를 거북스럽게 한다. 그러므로 시를 낭송하는 사람 역시 시인과 마찬가지로 그와 같은 태도를 피해야 함이 당연하다.

대한민국에도 시낭송이라는 예술세계가 있다. 아직 체계적으로 자리를 잡지 못한 탓인지 모르겠지만, 옛날 초등학생 시절 웅변대회나 졸업일 송사에서 들었던 것과 비슷한 느낌의 생경하고 촌스러운 어조로 시를 외우는 모습을 보기 일쑤다. 시어들이 지닌 섬세함이나 시인이 품었을 시심 따위는 숫제 관심 밖. 고루하고 진부한 발성법에 파묻혀 시는 처음부터 자기 자리가 없다. 신예 낭송 전문가들이 출연한다는 무대에 기대를 품고 찾아 갔다가, 무성영화 시대의 변사 같고 초등학생을 지도하는 아마추어 연설가 같은 모습을 안타까운 마음으로 지켜보다가 무거운 걸음으로 돌아온 적이 있다. 내 시가 나도 모르는 곳에서 저런 스타일로 낭송되고 있다면? 생각하기도 싫다.

독서학교 학생 가운데 이재영이란 여성 낭송가가 있는데, 그는 시낭송에 대해 이야기할 기회가 있을 때마다 이렇게 말하곤 한다.

"시인이 자기 시를 모두 똑같은 마음으로 쓰진 않았을 거 아니에요? 그러니 낭송가도 매양 똑같은 분위기로 시를 읽으면 안 되지요. 쉽지는 않아요. 그래도 꼭 그렇게 하려고 노력해요. 고운 목소리가 도리어 걸림돌이 될 때도 참 많아요. 시를 공부하면 할수록 낭송이 어렵게 느껴져요."

이 씨가 낭송한 작품 가운데 이 연재물의 1회 '말맛'에서 부분을 소개했던 박이화의 '고전적인 봄밤'이란 시가 있다. 전문은 다음과 같다.

송도 기생 황진이의 사생활은 만고의 고전인데 신인가수 백모양의 사생활은
왜 통속이고 지랄이야. 내가 보긴 황진이는 불륜이고 백모양은 연애인데 그
렇거나 말거나 나는 가을밤 황국 같은 황진이도 좋고 봄밤의 백합 같은 백모
양도 좋은데 좋기만 한데 왜! 이 시대엔 벽계수를 대신해 줄 풍류남아가 없고
지랄이야. 명월이 만공산 할 제 달빛 아래 휘영청 안기고픈 사나이가 없고 지
랄이야. 아, 일도창해 하면 다시 돌아오기 어려운 길 어째서! 이 몸과 더불어
유장하게 한 번 뒤척여 볼 박연폭포 같은 사내가 없고 지랄이야.

봄밤은 고전인데......
이화에 월백하는 봄밤은
만고강산의 고전인데

다음 URL에 있는 파일을 다운로드 하면 그가 이 독특한 시를 어떻게 읽
었는지 들을 수 있다. 특히 '지랄이야' 부분을 어떻게 읽는지 유념해 들
어보자.

◾ http://chac.co.kr/annie/annieparkewha1.mp3

한 편 더 들어보자. 정호승의 '혼혈아에게' 이다. 이 시의 전문은 다음과
같다.

너의 고향은 아가야
아메리카가 아니다.
네 아버지가 매섭게 총을 겨누고

어머니를 쓰러뜨리던 질겁하던 수수밭이다.

찢어진 옷고름만 홀로 남아 흐느끼던 논둑길이다.

지뢰들이 숨죽이며 숨어 있던 모래밭

탱크가 지나간 날의 흙구덩이 속이다.

울지 마라 아가야 울지 마라 아가야

누가 널더러

우리의 동족이 아니라고 그러더냐

자유를 위하여 이다지도 이렇게

울지도 피 흘리지도 않은 자들이

아가야 너의 동족이 아니다.

한국의 가을하늘이 아름답다고

고궁을 나오면서 손짓하는 저 사람들이

아가야 너의 동족이 아니다.

초승달 움켜쥐고 키 큰 병사들이

병든 네 엄마 방을 찾아올 때마다

너의 손을 이끌고 강가로 나가시던 할머니에게

너는 이제 더 이상

묻지 마라 아가야

그리울 수 없는 네 아버지의 모습을

꼭 돌아온다던 네 아버지의 거짓말을

묻지 마라 아가야

전쟁은 가고

나룻배에 피난민을 실어 나르던

그 늙은 뱃사공은 어디 갔을까

이 시가 녹음된 URL.

▣ http://chac.co.kr/annie/anniejunghoseung1.mp3

그 동안 흔히 들어온 시낭송과 약간 다른 점이 있다. 낭송자의 목소리에 시를 맞추려 하지 않고 시의 분위기에 목소리를 맞추려는 노력.

프랑스에서는 초등학교부터 학생들에게 시낭송을 훈련시키며, 이들 학생들이 고등학교를 졸업할 무렵이면 대부분 50편에서 100편 가까운 시를 외운다고 한다. 그 이야기를 들으며 나는 프랑스인의 예술적인 기질은 그와 같은 교육에서 비롯되는 것이 아닐까 하는 생각을 해 보았다.

창작해 보기

시를 즐기는 방법 가운데 '직접 시를 써보는 일' 보다 나은 것은 없다. 하지만 시를 써본 적이 없는 사람에게 무작정 직접 써보라 하면 참으로 막막할 것이다.

이번에는 시 쓰기 초보를 위한 기초적인 원리를 제시하고, 몇 가지 따라하기 수월한 형식을 소개해 보고자 한다. 이 글은 앞서 소개한 '시를 맛보는 방법들' 의 총복습 노릇을 할 것이다.

시를 쓰는 기초적인 원리는 〈서로 다른 A와 B에 의미를 결부시켜 'A=B' 관계를 성립시키는 것〉이다. 의미를 결부시키는 능력은 시심과 인식력에 따라 개인차가 심하다. 따라서 방법을 안다고 해서 곧바로 좋은 시를 쓸 수 있는 것은 아니다. 하지만 다음에 소개하는 방식들로 시 쓰기를 연습하다 보면 어느 정도 수준은 갖출 수 있다. 네 가지만 소개하겠다.

1. 적절한 대비와 의미부여

두 가지 이상의 대상에서 공통점, 유사성을 찾아 나란히 대비시킨다. 대상은 서로 객관적인 상관성이 없을수록 좋다. 예를 들어, A는 사물이나 자연물이고 B는 사람으로.

2. 세밀한 관찰과 의미부여

고요한 마음으로 만물을 관찰하면 스스로 얻는 바가 생겨나기 마련이다.
정관자득(靜觀自得)*이다. 어떤 대상이든 집요하게 응시하면 그것에 시적
인 의미를 결부시킬 수 있다. 내 경우엔 머릿속이 복잡해지도록 구상하
는 것보다 물끄러미 오랜 시간 들여다보는 편이 오히려 나을 때가 많다.
들여다보면 세상에 시 못 될 것이 없다.

우리나라 시인 가운데 이 부분에서 특히 내 눈에 띄는 사람은 김기택이
다. 지독스럽고 끈덕진 응시의 힘으로 시를 써낸다. 그의 작품 '소'를 감
상해보도록 하자.

*원문은 萬物靜觀皆自得(만물정관개자득)이고, 정호(程顥)의 추일우성(秋日偶成)이란 작품에 들어있는 구절이
다. 우주만물을 고요히 살펴보면 모두 제 분수대로 편안하다는 뜻이다.

이밖에도 '이미지'의 이윤학, '유리의 기술'의 정병근 등이 대상을 응시하는 시인의 눈빛이 보석처럼 박혀 있는 시편을 꾸준히 발표하고 있다. 시창작의 세계는 감나무 밑에서 감이 떨어지기를 기다리면 진짜로 감이 떨어지는 아주 흥미로운 세계이다. 집요하게 응시하다가 시상이 샘처럼 솟거나 용암처럼 분출되거나 섬광처럼 번쩍 지나가는 경험을 꼭 해보기 바란다.

3. 통념 탈피와 의미부여

통념 속에 갇혀 있는 글은 방금 쓴 시라 할지라도 이미 낡은 시이다. 모두가 이미 그렇게 보고 있는 것을 시인 역시 그렇게 보고 있다고 시로 써서 발표한다면 가뜩이나 말 많고 시끄러운 이 세상에 군소리를 하나 더 보태는 것에 불과하다. 남보다 더욱 깊이 들여다보든지 아니면 남과 달리 보든지 해야 한다. 더욱 깊이 들여다보는 일은 매우 힘들지만 남과 달리 보는 것은 마음가짐만 바꾸면 된다.

남과 달리 보고 남과 달리 표현하고 싶은 욕망을 죽이지 말자. 창작은 남의 눈치 보며 적당히 타협하는 세계가 아니다. '이래도 될까 저래도 될까' 하는 태도가 아니라 '이렇게 해 봐야지 저렇게도 해 봐야지' 하는 태도에서 참신한 시가 태어난다.

4. 패러디

시인들과 평론가들이 공히 인정하는 시는 내용도 좋지만 문체와 구성도 좋다. 그런 시의 문체와 구성을 빌려 내용을 다르게 써보는 것도 훌륭한 시작법이다. 그렇게 작품을 만드는 것을 패러디라고 하는데 특히 풍자적인 내용에 잘 어울린다.

김춘수의 '꽃'을 패러디한 장정일의 '라디오와 같이 사랑을 끄고 켤 수 있다면', 기독교의 주기도문을 패러디한 자크 프레베르의 '주기도문(Paternoster)', 나와 공부한 학생이 서정주의 '견우의 노래'를 패러디한 '고3의 노래', 이상 세 편을 소개한다.

라디오와 같이 사랑을 끄고 켤 수 있다면

장정일

내가 단추를 눌러 주기 전에는
그는 다만
하나의 라디오에 지나지 않았다.

내가 그의 단추를 눌러 주었을 때
그는 나에게로 와서
전파가 되었다.

내가 그의 단추를 눌러 준 것처럼
누가 와서 나의

굳어 버린 핏줄기와 황량한 가슴 속 버튼을 눌러다오.

그에게로 가서 나도

그의 전파가 되고 싶다.

우리들은 모두

사랑이 되고 싶다.

끄고 싶을 때 끄고 켜고 싶을 때 켤 수 있는

라디오가 되고 싶다

주기도문

프레베르

하늘에 계신 우리 아버지

거기 그냥 계시오소서

하오면 우리도 땅위에 남아 있으리니

땅은 때때로 이토록 아름다우니

뉴욕의 신비도 있고

파리의 신비도 있어

삼위일체의 신비에 못지아니하니

우르크의 작은 운하며

중국의 거대한 만리장성이며

모를레의 강이며

캉브레의 박하사탕도 있고

태평양과 튈르리 공원의 두 분수도

귀여운 아이들과 못된 신민도

세상의 모든 신기한 것들과 함께

여기 그냥 땅위에 널려 있어,
그토록 제가 신기한 존재란 점이
신기해 어쩔 줄을 모르지만
옷 벗은 처녀가 감히 제 몸 못 보이듯
저의 그 신기함을 알지도 못하고
이 세상에 흔한 끔찍한 불행은
그의 용병들과 그의 고문자들과
이 세상 나리들로 그득하고
나으리들은 그들의 신부, 그들의 배신자,
그들의 용병들과 더불어 그득하고
사계절이 있고
해(年)가 있고
어여쁜 처녀들과 늙은 병신들이 있고
대포의 무쇠 강철 속에서 썩어가는
가난의 지푸라기도 여기 있나이다.

고3의 노래

(학생작품)

우리들의 입시를 위하여서는
수갑이 수갑이 있어야 하네

올랐다 떨어졌다 출렁이는 성적과
성적 몰아갔다 오는 회초리만이 있어야 하네

오, 우리들의 대학을 위하여서는
퍼런 죄수복이 있어야 하네

돌아서는 갈 수 없는 오롯한 고3 생활에
오직 죄수번호만이 있어야 하네

친구여, 여기 감옥 같은 교실에서
묶여있는 쇠사슬을 나는 죄이고·······

덜덜 고장 난 선풍기 아래서
그대는 공책에 펜을 놀리게

살을 에는 추위가 엄습하는
수능 시험일이 다가오기까지는

검은 펜똥을 나는 먹이고
친구여 그대는 면학을 하세

다른 예술행위와 마찬가지로 시를 짓는 일 또한 머릿속을 이론으로 무장해야만 가능해지는 것이 아니다. 여러분은 내가 제시하는 '시를 즐기는 열두 가지 방법'을 이 글에 앞서 열한 가지나 읽었다. 그 열한 가지는 감상법인 동시에 창작법이기도 했다.
부디 자기 손으로 직접 시를 써보기 바란다.

4. 창의력을 돕는 글감들

내게는 참 절실한 것

뚜쟁이 작법 또는 이간질 작법

고발

뼈대 따라 글쓰기

생각나는 모든 것

(   )의 눈으로 세상을 보다

지식을 담은 글쓰기

딴소리하기

땀, 침, 눈물 그리고 피

10분

책 읽고 난 뒤에 글쓰기

심리치료와 글쓰기

내게는 **참 절실한** 것

인생은 무수한 사건의 연속이므로 사람에겐 누구나 마음속에 맺혀 있는 장면이 있기 마련이다. 그것은 즐거운 모습일 수도 있고, 생각하기 싫은데 자꾸 떠오르는 슬프고 혐오스러운 모습일 수도 있다. 어떤 장면은 누가 봐도 인상적일 수 있고, 반대로 다른 사람의 눈에는 아무것도 아니게 보일 수 있다. 실제 경험과 기억은 서로 일치할 수도 있고, 기억이 경험을 심하게 왜곡해 놓았을 수도 있다. 어쨌든 이 '맺혀 있는 장면'을 그냥 방치해 놓고 먼 데서 글감을 찾는 태도는 바람직하지 않다.

거울 속의 내 얼굴은 나보다 먼저 웃지도 먼저 울지도 먼저 화내지도 먼저 우울해하지도 않는다. 기억은 마치 거울 속의 내 얼굴과 같다. 기억이 나를 기쁘게 하거나 괴롭히는 것이 아니라 내가 기억을 행복하게 또는 고통스럽게 상대하는 것이다. (제1부의 '끊임없는 재평가' 참조)

자신에게 절실한 것을 글감으로 삼으라 하면 심각한 것부터 떠올리는 경향이 있는데 꼭 그렇지만은 않다. 오래 전 기억이든 방금 전 기억이든 즐거웠던 기억이든 가슴 아팠던 기억이든 내 마음속에 절실함을 불러일으키는 것부터 상대하자. 우선은 사실적인 묘사로 체험을 되살려 보고, 그 다음에는 허구를 가미하거나 실제와 다른 설정으로 체험을 변형시켜 본다.

다음은 '내게는 참 절실한 것' 이란 주제에 어울리는 소제목들이다.

01__ 기억에 남는 개성

02__ 내 성격에 영향을 준 사건

03__ 자랑스러웠던 일

04__ 후회스러운 일

05__ 사랑하는(혹은 사랑했던) 사람과 함께 했던 추억

06__ 괴롭힘을 당했던 기억

07__ 반드시 이루고 싶은 소망

08__ 자주 꾸는 꿈

09__ 고맙습니다

10 __ 복수할 거야

뚜쟁이 작법 또는 이간질 작법

이 책의 제2부 '이니셜로 익히는 문예창작'에서 글을 쓰는 사람으로서 많이 휴대하면 할수록 좋은 PCS는 장소(Place)와 캐릭터(Character)와 장면(Scene)의 이니셜 조합이었다.

수집해 놓은 PCS가 많아지면 스토리 구상이 아주 쉬워진다. 만약 각각 다섯 개씩 수집이 되었다 치자.

장소(place)	P1, P2, P3, P4, P5
캐릭터(character)	C1, C2, C3, C4, C5
장면(scene)	S1, S2, S3, S4, S5

수없이 많은 '만약'이 가능해질 것이다. 예를 들어, 'C1과 C2가 P5에서 만나면 어떤 장면이 벌어질까?', '어릴 적 P1에서 만난 C4와 C5가 훗날 P3에서 재회한다면 어떤 일이 벌어질까?', 'S1는 원래 C3와 C5가 P4에서 만나서 벌어진 장면인데, 그 자리에 C4가 등장한다면 어떤 일이 새롭게 벌어질까?' 등등.

다양한 인연으로 만난 캐릭터들은 서로 친해져서 사랑에 빠지기도 하고 서로 어긋나서 다투고 미워하고 심지어 죽이기도 할 것이다. 그래서 나는 이러한 방식으로 스토리를 엮는 방법을 뚜쟁이 작법 또는 이간질 작법이라 부른다.

다음은 뚜쟁이 작법으로 쓴 학생작품이다. 글쓴이는 현재 단국대 문예창작과 재학생이다.

Before and After

오른손에 움켜쥐고 있던 펜을 벽 쪽으로 집어던졌다. 퍽 하니 터지는 소리가 난다. 벽을 바라보았다. 벽 한가운데가 온통 잉크범벅이다. 밤의 어둠을 몰아내고 서서히 몰려오기 시작한 푸른 기운은 이내 파리하게 질린 내 얼굴에, 벽에 어지러이 흩뿌려진 잉크 자국에 내려앉기 시작한다. 사정없이 구겨져 거실바닥에 널브러진 종이들을 뒤로 하고 묵직한 쓰레기봉투를 들고 계단을 내려갔다. 코끝에 와 닿는 새벽의 냄새에 조금은 기분이 나아짐을 느끼며 현관문을 벌컥 열었다. 헉. 신문과 흰 우유가 놓여 있어야 할 자리에는 웬 꼬질꼬질한 사내애 하나가 우유를 들이키던 자세 그대로 멈춰 크게 뜨여진 두 눈으로 날 쳐다보고 있었다.

"…뭐하나?"

다짜고짜 반말이 먼저 튀어나왔다. 아이여서가 아니라 매일 아침 우유를 훔쳐 먹던 주인공을 드디어 잡았단 기쁨에 순간 내뱉어진 말이었다. 먹다 버린 우유는 이미 바닥에 내팽개치고 도망갈 태세를 진즉 갖춘 채 한 발을 막 떼려 하던 아이의 뒷목을 덥석 잡아 집안으로 질질 끌고 들어왔다. 전혀 겁먹지도 않고 마치 잡힐 줄 알고 있었다는 듯이 식탁 의자에 가만히 앉는 그 애를 보면서 난 내가 길 가던 아이를 그냥 붙잡아 데려 온 것 같다는 기분이 아주 잠깐 들었다. 아이의 입가에 묻어있는 하얀 수염을 보기 전까진. 아이는 아무 말도 하지 않았다. 쓱 훑어보니 옅은 갈색머리는 사방으로 뻗쳐 있었고 촘촘한 붉은색 체크남방에 무릎이 살짝 헤져 있는 청바지차림. 게다가 맨발이었다. 두 손에는 모양새과 어울리지 않는 앙고라 분홍 장갑이 끼워져 있었다. 유난히 반짝거리는 아이의 눈동자를 가만히 바라보았다. 왜 남의 집 우유를 훔쳐 먹었을까. 그것도 매일. 아이와 나 사이를 맴도는 묘한 기운에 괜한 헛기침을 했다. 우유도둑이라 몰아붙이며 따져야 하는데 아이의 묘한 눈빛에 옴짝달싹 할 수가 없다.

"그만 가.. ㅂ"

가봐라, 앞으로 도둑질 하는 게 또 걸리면 가만 두지 않겠다, 라고 하려던 말을 채 반도 하지 못했는데 아이는 순식간에 내 방으로 들어가 방문을 콕 걸어 잠근다. 이보다 황당할 순 없어 방문을 쾅쾅 두드려 댔다. 그렇게 아이와의 어이없는 동거가 시작되었다.

며칠간 관찰해 본 결과, 그 맹랑한 우유 도둑은 말을 하지 못했다. 못하는 건지 안하는 건지 언제나 침묵을 입에 가득 머금은 채였다. 그래서 난 아무것도 알 수 없었다. 이름도, 나이도, 부모는 없는 건지, 학교는 다니지 않는 건지, 심지어 왜 내 우유를 매일 훔쳐 먹었는지도. 우유도둑은 항상 내 뒤를 아기오리가 어미오리를 쫓는 마냥 졸졸 따라다녔다.

처음에는 귀찮아서 집안에 놔두고 밖으로 나와 버리곤 했다. 그러다가 심부름을 시키게 되고 밥을 챙겨주게 되고 옷을 사 입히기 시작했고, 목욕을 시켜주기 시작했다. 이제는 외출할 때나 집에 있을 때나 곁에서 떨어뜨리지 않는다. 나에게 저 아이가 특별한 존재가 되어버린 걸까. 괴팍한 노처녀 편집증 작가라고, 아이는커녕 결혼은 꿈도 꾸지 않았던 나에게 하늘에서 툭 던져준 것 같은 존재였다, 그 아인. 메말라 퍽퍽했던 내 삶에 조금씩 비집고 들어와 결국엔 동그랗게 온전히 자리 잡은 단추 같은 존재.

아이에게는 한 가지 특이한 점이 있었는데, 내가 보고 있을 때는 밥을 먹을 때도 손을 씻을 때도 심지어 목욕을 할 때도 왼손에 끼워진 그 분홍 벙어리장갑을 절대 벗지 않았다. 처음 우리 집에 왔을 때 오른손 장갑은 쑥 벗더니만 하루 이틀 한 달 반년이 지나도록 왼손의 분홍 장갑은 절대로 벗지 않았다. 궁금해서 몇 번 물어봤지만 그 때마다 시린 표정을 한 채 눈물을 가득 고이곤 해 그 뒤론 장갑에 대해 얘기를 꺼내지 않았다. 내가 그 이유를 알게 된 건 그러고도 얼마 되지 않아서였다.

그 날은 전날 밤을 새서 겨우 마감한 원고를 가지고 출판사로 향하는 길이었다. 버스 창가의 맨 뒷자리에 아이와 함께 앉아 있었다. 이제 나는 아이를 '진'이라는 이름으로 부른다. 진은 나와 함께 밤을 새느라 피곤했던지 내 어깨에 조그만 머리통을 기댄 채 세상모르게 자고 있었다.

그 때, 여전히 꼭 끼고 있던 장갑이 버스가 흔들릴 때마다 슬슬 벗겨지고 있었다. 추슬러 올려줘야 했지만 그렇게 감추고 싶어 하는 아이의 비밀이 궁금했는지 벗겨지는 장갑을 짐짓 쳐다보고만 있었다. 진의 분홍색 앙고라 장갑이 바닥에 툭 떨어진다. 때마침 창가로 드리워진 햇빛 아래 온전히 드러난 아이의 네 손가락. 하나가 모자랐다. 보통사람보다 조금 더 통통한 손가락에 군데군데 칼로 그어진 듯 연한 흉터마저 있었다.

그 기묘한 형태를 한참을 바라보고만 있었다. 그러다 문득 진과 두 눈이 마주쳤다. 아이는 눈물이 그득히 차오른 눈망울을 한 채 손을 감추지도 않고 처음 만났던 날 마주했던 그 눈빛으로 날 빤히 올려다보고 있었다. 난 차가운 손으로 아이의 드러난 그 네 개의 비밀을 감추어 주며 창가로 비치는 햇빛보다도 더 말갛게, 그렇게 한참을 웃어주었다.

고발

사람에게 고발심리는 거의 본능이나 다름없는 것 같다. 남의 비밀이나 잘못 앞에 서면 다들 왜 그렇게 부지런해지고 똑똑해지고 슈퍼맨에 원더우먼이 되는 건지.

한 번은 이런 일이 있었다.

수능시험을 마치고 문예창작과 실기시험 대비 강의를 듣던 입시준비생들 몇몇이 수업이 끝나고 나 몰래 술을 한 잔 하다 그 중 한 친구가 술주정을 심하게 했나 보다. 다음 날 다들 모인 자리에서 낄낄거리며 장본인을 놀려대며 성토하기에 제일 크게 피해를 본 아이에게 내가 말했다.

"그거 글로 쓰면 재밌겠다. 상세하게 써서 나한테 메일로 보내 줘봐."

다음 날 정말로 메일이 도착했다. 소설 형식으로 쓴 글이었는데 원고 분량이 장장 70장. 하루 만에 단편소설 분량을 한달음에 써낸 것이다. 내용도 재미있어 수업이 끝날 때 즈음 학생들과 함께 읽었다. 평소 분량이 꽤 되는 글을 곧잘 써내는 학생이긴 했지만 고발 성격의 글이 아니었던들 그렇게 짧은 시간에 그렇게 재미나게 쓸 수 있었을까?

학생더러 '선생'을 소재로 글을 써보라고 하면 은사(恩師) 이야기보다 악당 같은 선생들 이야기를 더 실감나게 쓴다. 수년째 학생들로부터 학교 안팎 풍경을 숙제로 받아 읽어왔다. 사회의 모순이 교육계에 영향을 끼쳐 발생하는 문제도 있고 선생 개인의 자질 때문에 발생하는 사건도 있다. 최근에는 선생들의 폭력, 이념교육, 차별대우, 성희롱 따위 말고도 거꾸로 학생이 선생에게 폭력과 모욕을 가한 사례도 늘어나는 추세이다. 문병란의 '교단' 이란 시가 생각난다.

판사도 검사도 의사도 아닌
나는 교사
교장도 교감도 주임도 아닌
누구보다 어떤 직위보다 보수가 적은
나는 평교사
두어 평 좁지만
세상을 굽어보는 교단에 서서
초롱한 눈들이 무서워
거짓말 못하는
내가 선 자리는
소크라테스가 독배(毒杯)로 지킨 자리
김종직이 부관참시로 지킨 자리
사마천이 남근이 잘리면서 지킨 자리
오늘도 한 의인은
잃어버린 한 마리의 양을 찾아
골고다 언덕을 향해 십자가 메고 오르는데
나는 봉급만을 기다릴 것인가?
앵무새 흉내나 내며

초롱한 눈들을 속여 거짓말을 하며

내 가늘은 모가지만

새삼 어루만지고 있을 것인가?

판사도 검사도 의사도 아닌

가벼운 월급봉투만 확인하고 있을 것인가?

한 스승은

살찐 돼지보다 차라리 독배를 택하라고 외치는데

남근이 잘린 사마천이

피투성이 교단을 지키며

거짓보다 진실을 택하라고 절규하는데

나는 오늘 부러진 백묵으로

이 칠판에다 무엇을 쓸 것인가?

치어다보는 초롱한 눈동자 앞에서

나는 또 무슨 거짓말을 할 것인가?

– 문병란 '교단(教壇)' 전문

사회상을 고발할 때는 구구절절 설명하는 것보다 상징으로 삼을 만한 장면을 골라 명쾌하게 묘사하는 편이 효과적이다. [제2부 'NTBS(*Not Telling But Showing*)' 참조] 신경림의 '폐촌행(廢村行)'을 감상해 보자.

떨어져나간 대문짝

안마당에 복사꽃이 빨갛다

가마솥이 그냥 걸려 있다

벌겋게 녹이 슬었다

잡초가 우거진 부엌바닥

신경림의 '폐촌행'을 읽다보면 대규모 위락시설에 자리를 내주기 직전의 탄광촌 모습이 떠오른다. "이곳이 한 때는 광산이었대." 스키장 또는 카지노에 놀러온 사람들은 그렇게만 말할 것이다. 그들에게 폐광은 그저 과정일 뿐일 테니까. 가마솥 남기고 떠난 사람들은 그 후로 "이곳이 옛날엔 가난한 산동네였어." 하는 재개발 나팔소리에 떠밀려 또 한 번 쫓겨날 것이 자명하다.

독재자, 협잡꾼, 조직폭력배, 사이비 종교, 성매매 현장 등은 그냥 묘사하는 것만으로 이미 고발이다. 그래서 어떤 작가들은 위험을 무릅쓰고 그런 사람들이 있는 곳에 들어가 취재하기도 한다. 이야기의 배경으로 삼기만 해도 그대로 고발이 되고, 고발성이 있는 작품은 그만큼 화제작이 될 가능성도 높다.

나는 해마다 '서브웨이 마켓(*subway market*)'이란 제목으로 학생들에게 글을 써보라 지시하곤 한다. 전철역에는 편의점이나 매점도 있지만 승객을 상대로 한 불법행상을 비롯해 구걸이나 모금, 선교행위를 하는 사람들도 심심치 않게 볼 수 있다. 학생 작품 가운데 재미있는 게 있어 첨부한다. 글쓴이는 현재 추계예대 문예창작과에 재학 중이다.

서브웨이 마켓

부평역은 언제나 많은 사람들로 붐빈다. 나 역시 이 많은 사람들 중에 한 사람이구나 생각하면 괜스레 쏟아지는 허무함에 온몸이 허우적대는 기분이 든다. 멍하니 쓸데없는 생각 속에 잠겨 망망대해를 떠돌던 나는 빠르게 내 앞을 달려 나가는 전철 소리에 퍼뜩 정신이 든다.

서서히 전철의 속도가 늦춰지며 정차한다. 전철 문이 열리고 그 안에서는 수많은 사람들이 쏟아져 나온다. 사람들이 모두 내리기도 전에 그 비좁은 틈으로 끼어드는 성질 급한 사람도 있다. 옆으로 비켜서서 눈을 번뜩인 채 언제 다 내리나 들어갈 기회를 엿보는 사람들도 볼 수 있다. 사람들이 전부 내리자마자 내린 사람들 수보다 더 많은 사람들이 전철 안으로 꾸역꾸역 몰려든다. 더 이상 들어갈 틈이 없어 보이는데도 어떻게 해서든지 안으로 들어서려 하는 사람들의 뒷모습은 처량해 보이기까지 한다. 나는 그들 사이에 섞이는 것을 포기하고 다시 의자에 털썩 주저앉는다.

조금 전부터 손에 들려있던 캔커피의 윗부분을 손으로 쓰윽 훑어낸다. 입으로 몇 번 훅훅 불고 나서야 나는 캔커피를 딴다. 아직도 부평역을 출발하지 못한 전철문은 살짝 닫혔다가 다시 열리기를 반복한다. 나는 커피를 한 모금 마신다. 얼마 전 읽었던 박민규 소설집 '카스테라'에 담겨있던 단편소설 하나가 떠오른다. 그 소설에서는 지하철역에서 사람들을 전철 안으로 밀어 넣는 일을 하는 푸시맨이 등장한다. 상당히 인상 깊게 내 머릿속에 남아있었던 탓인지, 이쯤이면 짠하고 푸시맨이 나타나 사람들을 전철 속으로 밀어 넣어야만 할 것 같다. 나는 피식 웃으며 캔 커피를 두어 모금 더 마시고 아무런 미련 없이 쓰레기통으로 휙 골인시킨다.

지하철역을 떠나 멀어져가는 전철의 꼬랑지를 바라보며 허벅지 위에 올려놓았던 작은 백 속에서 핸드폰을 꺼내든다. 1 : 30 p.m. 휴, 늦겠는 걸. 초조한 마음에 계속해서 핸드폰만 열었다 닫았다 할 뿐이다. 점심도 못 먹고 나왔는데……. 꼬르륵 꼬르륵, 배꼽시계는 정확하게 알람을 울려댄다.

찬바람 속에 와플 냄새가 섞여 코끝을 맴돈다. 사먹을까 말까? 가방속에서 지갑을 꺼내 손에 꽉 쥔다. 지갑에 달린 분홍색 리본을 만지작거린다. 아, 먹고 싶다. 흘끔 뒤를 돌아보자 '델리만쥬' 노란 간판이 보인다. 간판 아래에 나이 오십대 중반 쯤 되어 보이는 할머니가 앉아있다. 나란히 늘어선 와플이 환한 빛 아래에서 오늘따라 먹음직스러워 보인다. 한 남자아이가 운동화를 직직 끌며 상점으로 다가선다. 자리에 앉아 있던 할머니는 남자아이에게 웃으며 묻는다. "뭐 줄까?" 남자아이의 단춧구멍처럼 작았던 눈이 와플처럼 휘둥그레진다. 우스꽝스러운 반응에 나는 터져 나오는 웃음을 삼키며 그 아이를 바라본다. 주춤거리던 아이는 손을 들어 검지로 와플을 가리킨다. "아, 와, 와플 하나 주세요." 할머니가 벌집처럼 생긴 와플 과자 위에 꿀과 크림을 잔뜩 바른다. 달콤한 냄새에 입안에 침이 흠뻑 고인다. 침을 꿀꺽 삼키며 그 남자 아이를 바라본다. 종이로 감싼 끝부분을 조심스레 쥐고 한 입 베어 무는 모습이 그 누구보다 부럽기만 하다.

"잠시 후 용산. 용산 가는 급행열차가 도착되오니 타는 곳……."

남자아이를 바라보는 사이 전철이 막 부평역으로 들어섰다. 나는 할 수 없이 지갑을 다시 백 속으로 집어넣으며 의자에서 일어서 줄을 선다. 내 앞에는 한 남자가 커다란 캐리어 백을 들고 서있다. 외판원인가? 나는 그를 흘깃 쳐다보고는 전철 안으로 들어선다.

전철 안에 들어서자마자 눈에 보이는 건 군데군데 비어있는 자리들이다. 나는 누군가가 앉기 전에 재빨리 자리 하나를 차지한다. 역시 끝 칸이라 다른 칸에 비해 빈자리가 생긴다. 물론 신도림에서 내릴 때 계단까지 쭉 걸어가야 한다는 불편함이 있긴 하지만 그래도 그동안이라도 앉아서 갈 수 있다면야. 나는 자리에 앉아 백에서 휴대폰 이어폰 줄을 꺼내든다. 이어폰 줄 한 쪽을 휴대폰에 꽂고 다른 한 쪽을 귀에 꽂는다. 내가 제일 좋아하는 에이브릴라빈의 도발적이면서

당찬 목소리가 귓가를 파고든다.

열차 문이 닫히고 조금 전 내 앞에 서있던 그는 여전히 캐리어 백을 든 채 전철 안에 우두커니 서있다. 나는 그를 유심히 바라본다. 여자인 나와 거의 엇비슷해 보이는 작은 키. 160이 겨우 넘는 듯 보인다. 툭 튀어나온 이마와 뭉툭한 코가 상당히 둔해 보이고 전체적으론 어수룩해 보이는 인상이다. 불거진 광대뼈는 조금 고집스러운 이미지도 풍긴다. 비쩍 마른 몸에선 왠지 비린내가 날 것만 같다. 나는 살짝 인상을 찌푸린다. 그는 가방에서 무언가를 주섬주섬 꺼내 든다. 왠지 눈빛이 불안정 하다. 그의 손에는 펜이 한 가득 쥐어져있다. 그는 안절부절 못하며 주변을 둘러본다. 그리고는 한 발짝 앞으로 걸어 나온다.

"에, 안, 안녕하십니까. 저는 뇌성마비 장애를 가진 장애인입니다. 에, 제 아내는 허리가 아파 치료를 받아야 하는데 수술비가 없어서 치료를 못 받고 집에 누워만 있습니다. 에, 여러분께 정말 죄송하지만 에, 부디 친구 친척, 한 가족의 일이라고 생각하고 저와 아내를 좀 도와주십시오. 에에, 이, 이 펜 하나 천원 받습니다. 제발 도와주십쇼. 도와주십쇼."

나는 귀에 꽂힌 이어폰 한쪽을 슬쩍 빼낸다. 그는 펜을 들고 이리 저리 돌아다니며 사람들을 애처롭게 바라본다. 그 때 노약자석 옆 칸에 앉아있던 한 남자가 벌떡 자리에서 일어서 그를 불러 세운다. 그는 경직되어 버린 얼굴에 힘겹게 웃음을 지으며 자신을 불러 세운 남자 앞에 가서 굽실거린다. 여기. 펜 하나. 남자가 그에게 돈을 건넨다. 그의 손에 쥐어진 돈은 빳빳한 초록색 지폐. 만 원짜리 한 장이다. 그는 만 원을 손에 쥔 채 어찌할 바를 모르고 남자를 바라본다. 남자는 걸걸한 목소리로 말을 내뱉는다. 만원 줬으니까 구천 원 거슬러 주쇼. 그러자 그는 벌게진 얼굴로 당황스런 목소리를 감추지 못한다. "거스름돈이, 없, 없는데……." "뭐?" 남자는 그를 노려보며 성을 낸다.

"이번 역은 송내. 송내역입니다. 내리실 문은……."

안내 방송이 나오자 남자는 손에 쥐고 있던 펜을 전철 바닥으로 힘껏 내팽개친다. 그의 손에 쥐어져 있던 만 원 지폐를 낚아채더니 목 깊은 곳에서 노란 가래침을 끌어 모아 퉤 뱉으며 방금 열린 지하철 문을 빠져나간다. 뭐 저런 사람이 다 있데? 나는 전철 바닥에 내동댕이쳐진 펜을 줍는 그의 얼굴을 바라본다. 그는 펜을 주워들어 가방 속에 집어넣더니 전철 문이 닫히기 전에 전철을 벗어난다. 전철 문이 닫히고 전철은 다시 다음 역을 향해 달린다. 나는 나머지 이어폰 한 쪽을 빼낸다. 이어폰을 돌돌 말아 백 속에 집어넣는다. 머리가 띵하다. 조금 눈이나 붙여볼까. 나는 조심스레 눈을 감는다.

눈을 감은지 몇 초나 지났을까 쾅 하는 큰 소리에 감겼던 눈이 화들짝 떠진다. 소리가 난 곳을 쳐다보자 한 할머니 한 분이 분홍 보따리를 양 손에 가득 쥐고 걸음을 옮긴다. 옆 칸에서 건너온 것 같다. 나는 할머니가 내 앞까지 걸어왔을 때 조심스레 자리에서 일어나 전철 왼쪽 문으로 다가가 기대어 섰다. 빗방울이 차창을 두드린다. 조그마한 틈새로 차가운 바람이 스며들어 온다. 멍하니 창에 기대어 바깥을 바라본다. 차창 밖으로 빠르게 스쳐지나가는, 비가 부슬부슬 내리는 거리는 물에 젖은 삽화처럼 축축하게 보인다. 창문에 입김을 불어 본다. 하얗게 번지는 뿌연 입김은 시간이 지나자 동그랗게 점점 작아지더니 어느새 모습을 감춘다. 고개를 돌려 본다. 전 칸에서 누군가가 문을 조심스레 닫으며 건너온다.

키는 180정도 되어 보이는 것 같다. 곱슬곱슬한 머리카락은 비가 내리는 무거운 날씨 탓일까 축 쳐져서 눈썹아래에서 흔들린다. 머리카락 밑으로 보이는 눈은 축 쳐진 눈이 우울해 보인다. 까무잡잡한 피부에 매부리코를 가진 그는 어딘가 수상쩍어 보이는 분위기를 물씬 풍긴다. 그는 검은색 코트를 두르고 왼쪽에는 성경책을 끼고 있다. 점점 앞으로, 이쪽으로 다가온다. 그의 입이 나지막하게 열린다.

"하나님은 당신을 사랑하고, 예수 그리스도를 사랑하며, 우리는 하나님의 자녀로 구원을 받기 위해서 이 말씀을 사 집에 한권씩 보관해 두시면 여호와 주님께서 당신과 늘 함께 계실 것입니다. 불신지옥! 예수천국! 하나님의 사랑 신비하고 놀라워. 하나님의 사랑 신비하고 놀라워. 하나님의 사랑 신비하고 놀라워. 오! 크신 사랑. 자자. 한권에 삼천 원입니다."

종교 관련 물건을 판매하는 사람이다. 나는 언제나 그랬듯 눈살이 찌푸려진다. 이 칸에서 금방 떠날 것 같진 않아 보인다. 나는 백 속에 넣어 놓았던 이어폰을 꺼내든다. 전철에 올라서 자신의 종교를 믿으라고 큰소리로 소리치고 이상한 종이를 나눠주고 가는 사람들은 많이 보았지만 성경책이니 뭐니 이런 것들을 사라고 노래까지 부르는 사람은 처음 본다. 나는 이어폰을 집어 들며 흘깃 그를 바라본다. 그 중년 남자도 나를 바라본다. 순간적으로 마주친 시선에 화들짝 놀란다. 다른 사람들은 그가 떠들든 노래를 부르든 아무도 신경을 쓰지 않는 듯하다. 그가 점점 내게로 다가온다. 몸이 뒤쪽으로 쏠린다. 나는 주춤거리며 뒷걸음질을 친다. 내게 뚜벅 뚜벅 걸어와 내 앞에 선 남자는 왼 손에 들고 있던 책 한 권을 내게 불쑥 들이민다. 난 고개를 저으며 손사래를 친다. "전 개신교 아니에요." 그가 초점이 바르지 않은 눈으로 나를 쳐다본다. "사탄아 물러가라." 그가 내 어깨를 잡으며 낮게 읊조린다. 속에서 무언가가 달아오른다. 아니, 끓어오른다고 하는 게 더 정확한 표현일 것이다. 두 뺨이 칙칙 뜨겁게 달구어 지듯 화끈거린다. 사탄이라니? 내가? 중년의 남자는 내 어깨에서 손을 떼고 두 눈을 질끈 감는다. 두 손을 위로 높게 치켜든다. 손 모양은 둥근 공을 쥔 듯 동그랗게 말려있다. 그리스 로마신화에서 신에게 양 따위를 바치며 무릎을 꿇듯이 내 앞에 꿇어앉는다. 그의 무릎이 전철 바닥에 닿는 순간, 쿵, 묵직한 소리가 전철 안에 울려 퍼진다. 꾸벅꾸벅 졸고 있던 사람, 책을 읽던 사람, 핸드폰을 만지작거리던 사람, 여러 사람들의 시선이 나와 무릎 꿇은 남자에게 집중된다. 나는 양 쪽 손바닥으로 얼굴을 감싼다. 미치겠군. "우리 하나님을 믿지 않는 저

불쌍한 영혼에게서 사탄을 없애주십시오. 오오! 전지전능하신 하나님이시여.” 높이 들고 있던 양 손을 부르르 떤다. 이 사람 양 손에 벼락이라도 떨어졌으면! 울화통이 치민다. 무엇보다 언제나 제일 끝 칸에 오르는 내 습관에 처음으로 환멸감을 느낀다. 더 이상 뒷걸음질 칠 자리가 없다. 기관실 벽에 바짝 달라붙은 내 등에 혹이라도 튀어나온 듯 등이 아프고 저리다.

“이번 역은 송내, 송내역입니다. 내리실 문은 왼쪽입니다.”

나는 엉겁결에 후다닥 전철에서 도망치듯 빠져 나온다. 뚜루루루 문이 닫히는 소리가 들린다. 나는 쉬지 않고 달린다. 얼마 전 새로 산 구두가 길이 안들은 탓인지 발뒤꿈치가 욱신거린다. 휘청거리는 다리에 힘을 주며 사람들을 헤집고 달리다 누군가와 부딪힌다. 빨간 장갑을 담은 수레를 끌고 가는 한 아저씨의 어깨와 내 어깨가 맞부딪혔다. 그 바람에 아저씨의 수레에 담겨있던 장갑 몇 개가 땅으로 곤두박질친다. 나도 모르게 그 장갑을 밟고 지나간다. 살짝 뒤를 돌아보자 빨간 장갑 위에 선명하게 찍힌 구두자국이 보인다. 아저씨가 그 장갑을 주워들어 툭툭 털며 낮게 욕을 내뱉는다. 죄송하다는 말도 못 건넨 채 다시 발걸음을 뗀다. 어느새 이마에 땀이 송골송골 맺힌다. 가빠진 숨을 고르며 멈춰 선다. 크게 한숨을 내쉰다. 발뒤꿈치가 젖어든다. 역 안에 놓여 있는 의자에 주저앉아 발을 내려다본다. 살 색 스타킹이 발뒤꿈치에 눌러 붙어있다. 깊게 패인 상처가 따갑다. 눈가에 물기가 어린다. 코끝이 시큰하다. 이게 도대체 무슨 일인지. 나는 머리를 헤집는다. 당장 구두를 벗어 집어 던져 버리고 싶지만 나는 꼭 참고 자리에서 일어선다. 주변을 둘러보자 역 안의 여러 상점들이 보인다. story way. 간판이 눈에 크게 들어온다. 두 다리를 절룩거리며 편의점 안으로 들어선다.

편의점 안에 들어서자 환한 불빛이 몸을 감싼다. 대일밴드는 점원한테 직접 말해야 하는 건가. 나는 카운터 쪽으로 다가간다. 카운터에는 사람들이 모여 웅성거림이 멈추질 않는다. 사람들 틈을 파고들어 보니 얼굴에 인상을 가득 준 채 팔짱을 끼고 서 있는 여자 아르바이트생이 보인다. 스물 갓 넘어 보이는 얼굴이 잔뜩 구겨져 까칠한 느낌이 팍팍 풍긴다. 그 앞에는 남색의 중학교 교복을 입은 남자 아이들이 고개를 푹 수그린 채 자기들끼리 눈빛을 주고받으며 서 있다. 아직 땅에 직직 끌릴 만큼 긴 교복 바지를 걸친 아이들은 이제 겨우 중학생이 된 듯 보인다. 나는 아르바이트생을 향해 말을 건다. "저기요, 여기 대일밴드," "이봐요. 대일밴드 있어요?" "저기……" 아르바이트생은 중학생 남자 아이들에게 시선을 고정시킨 채 주변은 거들떠보지도 않는다. 내 목소리 역시 아르바이트생의 높고 따따따 거리는 목소리에 파묻혀 사라진다. 뭐 이런 년이 다 있어? 상황으로 봐서는 아마도 물건을 훔치다가 걸린 것 같은데……. 이런 건 빨리 빨리 해결을 봐야 하는 거 아닌가. 미치겠네. 물건을 하나씩 손에 쥐고 웅성거리는 사람들 사이에 그냥 주저앉아 버리고만 싶다. 구두굽이 구두 바닥을 뚫고 올라와 내 발꿈치를 찌르는 것만 같다. 핸드폰을 열어보자 두 시를 훨씬 넘었다. 이건 완전히 지각이구만. 할 수 없이 빈손으로 편의점을 나와 전철 타는 곳으로 가기 위해 다시 계단을 내려간다.

무료 사은품 증정을 외치는 화장품 마켓의 직원들. 색색의 떡들을 진열해 놓은 채 꾸벅꾸벅 졸고 있는 아저씨. 수레 안에 등산화를 싣고 바삐 움직이는 외판원. 지나가는 사람들을 붙잡으며 종이를 쥐어 주며 한 쪽으로 데려가는 수상쩍은 사람까지. 지하철역 사람들은 서로 이리 채이고 저리 채이며 분주하게 움직인다. 나는 오늘도 천천히 그 속으로 발을 내딛는다. 이번만큼은 아무쪼록 아무 탈 없이 합정역까지 갈 수 있기를 빌며.

뼈대 따라 글쓰기

스토리란 일련의 사건을 주제를 중심으로 형상화한 것이다. 사건은 이야기 속에 등장한 캐릭터들 간에 구체적으로 벌어지는 갈등을 중심으로 전개된다. 그러한 전개를 구성이라 하는데, 전통적으로 다음 다섯 단계로 구분한다. (제2부 '풍선불기' 참조)

발 단　배경과 주요 캐릭터가 소개되고 사건의 실마리가 등장한다.

전 개　사건이 본격적으로 펼쳐지고 갈등이 발생한다.

위 기　갈등이 깊어져 스토리에 긴장이 고조된다.

절 정　갈등과 긴장이 최고 상태에 다다른 부분이다.

결 말　사건이 종결되고 앞서 제시된 갈등이 해소된다. 새로운 갈등이 제시되어 새로운 긴장 혹은 여운을 남기기도 한다.

고등학교 문학과목 참고서에 보면 국내외 현대소설의 줄거리를 소개하면서 다섯 개의 구성단계를 깔끔하게 정리한 부분을 쉽게 발견할 수 있다. 이것을 거꾸로 이용하면 훌륭한 글감이 된다.

예를 들어 다음 다섯 개 문장은 김소진 소설 '자전거 도둑' 을 읽고 나서

추려낸 것이다. 학생들은 이것을 바탕으로 김소진의 소설과는 전혀 다른 새로운 소설을 써낸다.

1. 내 물건을 몰래 사용하는 사람이 있음을 알게 된다. 알고 보니 도둑은 내 이웃에 사는 사람이었다.
2. 도둑으로부터 도둑질을 하게 된 동기를 듣는다.
3. 어린 시절 물건을 훔쳤던 기억을 되살리며 도둑과 나를 비교한다.
4. 도둑과 나 사이에 커다란 공통점(또는 차이점)이 있음을 발견한다.
5. 도둑에 대한 내 입장을 분명히 한다. (처벌, 용서, 무시)

선생이 조금만 부지런을 떨면 학생들에게 제시해 줄 뼈대는 도처에 널려 있다. 가끔은 내가 쓰려고 했던 작품의 뼈대를 제공해 주기도 한다. 내가 수업시간에 자주 활용하는 '아버지의 가출'과 '클럽'이 그런 경우. '아버지의 가출'은 주로 나와 공부하기 시작한지 얼마 안 된 학생들에게 과제물로 제시한다. '클럽'은 회상을 이용한 구성을 연습할 때 함께 사용하고 있다. 제시하는 문장은 다음과 같다.

1. 과제물 '아버지의 가출'의 뼈대

  발단 아버지의 가출

  전개 아버지의 가출에 대한 식구들의 다양한 반응.

  위기 식구들이 갖은 어려움을 겪음.

| 절정 | 아버지를 찾음. |

| 결말 | 결말은 반전을 유의하여 학생 스스로 끝맺으시오. |

2. 과제물 '클럽'의 뼈대

| 발단 | 단란한 가정의 가장인 K에게 그의 고교동창 한 사람이 교도소에 들어가게 되었다는 소식이 도착한다. |

| 전개 | (회상) 고교 시절 클럽을 결성하는 나와 친구들 |

| 위기 | (회상) 클럽 회원('나'가 아닌) 가운데 한 사람이 자퇴를 결행한다. |

| 절정 | (회상) |

| 결말 | (반전) 면회를 위해 교도소 앞에 도착한 방문한 나는 구속된 친구에게서 뜻밖의 사실을 듣게 된다. |

어떤 과제를 안겨주든 학생들이 어느 정도 수준을 갖춘 작품을 척척 써낼 정도로 훈련이 무르익으면 그 다음에는 서로 전혀 상관없어 보이는 다섯 개의 문장을 자유롭게 엮어 이야기를 짓게 하기도 하고 문장 대신 네다섯 개의 그림이나 사진을 제시하여 그것을 뼈대로 삼아 글을 쓰게 하기도 한다.

[덧붙임] 2007년 서울 예술대학교 극작과 실기시험에는 다음과 같은 문제가 출제되었다. '뼈대 따라 글쓰기' 훈련방식이 시험문제로 나온 셈이다.

상상력과 표현력을 발휘하여 다음 제시문을 이용한 한 편의 글을 쓰시

오. (제목은 스스로 정하고 순서는 바꿔도 좋음.)

- 그와 함께 기차에 탔다.

- 결혼식장에서 신랑신부가 손을 잡고 나왔다.

- 사진관에 오래된 가족사진이 있다.

- 창문을 열고 어머니가 쳐다보았다.

- 밤은 어둡고 고요했다.

 문장의 재능만으로는 책을 쓸 수 없다. 한 권의 책 뒤에는 반드
시 한 인간이 있다. - 에머슨

생각나는 모든 것

글공부는 음식을 소화(消化)하는 과정과 매우 비슷하다. 흔히 글을 잘 쓰기 위해 필요한 세 가지로 삼다(三多), 곧 '읽기와 쓰기와 생각하기'를 든다. 삼다 체험을 소화 과정이라 생각하자. 소화란 몸 밖에 있던 거친 것들을 몸 안으로 끌어들여 부드럽게 분해함으로써 흡수할 것은 흡수하고 배설할 것은 배설하는 과정이다. 모두 흡수해도 탈이 나고 마찬가지로 모두 배설해도 탈이 난다.

글쓰기 연습을 혼자서 하는 사람은 자아도취에 빠지기 쉽고, 선생이나 선배의 조언을 들어가며 연습하는 사람은 지식 때문에 활기를 잃을 위험이 있다. 안고수비(眼高手卑). 읽는 눈이 점점 높아지니 쓰는 손은 점점 더 낮고 천하게 느껴진다. 낙서를 할 때조차 잘 쓰는 방법부터 뇌리에 떠오르니 글을 쓰는 마음이 편할 날 없다. 이건 너무 상투적이야. 이건 너무 지지부진해. 이건 호흡이 너무 늘어졌어. 이건 우리말답지 않은 번역체잖아. 그러다 입 밖으로 툭 튀어나오는 한 마디. "아무래도 나는 글쓰기에 소질이 없나 봐. 나는 그냥 남이 쓴 거 읽기나 해야겠어." 이어서 이런 말까지 나오면 최악이다. "눈은 충분히 높아진 것 같으니 문예비평이나 할까 봐."

사실 글을 쓰는 사람에게 얼마만큼의 안고수비는 필요하다. 그래야 발전한다. 글은 형편없게 쓰면서 정작 본인은 자아도취에 빠져 시인입네 작가입네 하며 인생을 통째로 허비하는 것보다는 '제법 쓰는' 아마추어로 살아가는 편이 여러모로 낫다. 또한 창작능력이 떨어지는 사람이 하는 비평은 별로 호응을 얻기 어렵다. '너나 잘 해.' 식의 조롱을 당하기 일쑤이다. 좋은 비평가들은 창작에도 능한 경우가 대부분이다.

안고수비로 의기소침해져 있을 때에는 작품성과 아무 상관없는 배설 같은 글쓰기를 해보기 바란다. 배설할 때 멋진 배설물이 나오게 하려고 신경을 쓰는 사람은 없다. 배설은 그저 후련한 게 최고이다. 나의 감수성을 글로 써서 타인 앞에 증명해 보이는 일이 쉬울 수만은 없다. 타인의 눈을 전혀 의식하지 않는 글쓰기는 확실히 좋은 휴식이 된다.

정신적인 배설을 위해 내가 학생들에게 제시하는 글쓰기 유형 세 가지.

1. 생각나는 모든 것

아무 줄도 그어져 있지 않은 종이를 주고 정해진 시간 안에 '생각나는 모든 것'을 글로 쏟아내게 한다. "시작!" 하는 순간부터 "그만!" 하는 순간까지 그야말로 쉴 새 없이 펜을 놀릴 수밖에 없다. 욕이 떠오르면 욕을 쓰고, 야한 생각이 떠오르면 야한 생각을 쓰고, 소음이 거슬리면 거슬린다고 쓰고, 그야말로 종이에 머릿속을 복사해 놓듯이 쓰는 것이다. 브레인스토밍(Brain Storming)* 가운데 하나로서 기업에서 아이디어 회의를 할 때 주로 쓰는 방법이다. 20분 내지 30분 정도면 충분하다. 만약 시간이

*직역하면 '두뇌폭풍'이 되는데, 고유명사로 받아들여 브레인스토밍으로 쓴다.

넉넉하다면 제한시간 대신 '머릿속이 맑아지는 느낌이 들 때까지' 쓰라고 지시한다. 일체의 이론을 잊고, 의미에 얽매이지 말고 써라. (물론 검사는 하지 않는다.)

2. 생각난다. ……

먼저 '생각난다.' 라는 문장을 적은 뒤에 그 자리에서 생각나는 것을 글로 조리 있게 쓴다. 다 쓰고 나면 줄을 바꾸고 다시 '생각난다.' 라 적고 같은 방식으로 새로운 글을 쓴다. 보통 네 개에서 여섯 개 정도 쓰면 마음에 안정이 찾아온다. 이 방식으로 글을 쓰면, 어째서 그런지 모르겠지만, 시적인 산문이 나올 때가 많다.

3. 잘 생각이 나지 않는다. ……

앞의 방식과 비슷하다. 다른 점은 첫 문장이 '잘 생각이 나지 않는다.' 라는 것. 이 연습은 학생의 컨디션이 비교적 좋아 보일 때 시킨다. '생각난다.' 로 시작하여 쓴 글을 '잘 생각이 나지 않는다.' 로 시작하는 글로 바꾸면 문체에 크게 달라진다.

세 가지 가운데 특히 '생각나는 모든 것' 은 가끔씩 자발적으로 해볼 필요가 있다. 잘못인 줄 알면서도 저질러 보는, 그런 일탈의 글쓰기로부터 얻는 자유로움과 통쾌함. 그러다 때로 이제까지와 전혀 다른 새롭고 효과적인 방식이 태어날 때도 있다.

(   )의 눈으로 세상을 **보다**

이야기 속에는 반드시 이야기를 하는 존재, 곧 화자(話者)가 있다. 서술자(敍述者)라고도 한다. 작품 속의 화자는 대개 작가를 비롯하여 사람인 경우가 많은데, 이를 사람이 아닌 존재를 내세우면 아주 재미있는 설정이 여럿 생겨나게 된다. 사물의 눈으로, 동물의 눈으로, 꽃을 비롯한 식물의 눈으로, 광물의 눈으로, 유령의 눈으로 상황을 묘사하다 보면 구상 단계에선 생각지 못한 표현이 속출한다.

예를 들어, 괄호 안을 과일칼로 정했다면 다음과 같이 쓸 수 있겠다.

"이제 나는 온전한 과일칼이 아니다. 과일보다 과일이 아닌 것의 옷을 벗기거나 절단할 때가 더 잦아졌기 때문이다. 오늘 아침에도 나는 생선의 배를 가르고 내장을 훑어내는 일을 했다. 비릿한 냄새가 내 온몸을 덮었다. 특히 손잡이에 배인 냄새는 꽤 오래 간다. 그 놈은 젖은 행주로 대충 내 몸을 닦아낸다. 과일이 그립다. 하지만 나는 내가 다시 과일칼로 쓰이길 바라진 않는다. 이 상태로 과일에 닿는 것은 과일을 모독하는 짓이기 때문이다."

구광본의 소설 '맘모스 편의점'에선 서술자가 CCTV이다. CCTV는 말한다, "나는 하나의 눈이다. 나는 보고, 그러므로 존재한다."라고. 기계이면서 사람인 은진(편의점 아르바이트생)을 사랑하는 그(?)는 은진을 고발할 수밖에 없는 자기 운명 때문에 고뇌하기도 한다. CCTV의 눈으로는 볼 수 없는 사각지대 묘사는 추측과 음성으로 처리한다. 내 입장에서 구광본의 이 소설은 〈사물의 눈으로 세상을 보다〉 수업을 위해 더할 나위 없이 훌륭한 교재이다. 우리 고전소설 가운데에는 〈동물의 눈으로 세상을 보다〉의 훌륭한 교재가 하나 있다. 박지원의 소설 '호질(虎叱)'은 〈호랑이의 눈으로 세상을 보다〉인 셈.

이 수업을 하노라면 학생들에게서 만만치 않은 작품이 마구 쏟아진다. 그 가운데 몇 작품의 부분을 발췌하여 소개한다.

> "야, 지우개 주제에 사람을 좋아하면 어쩌자는 거야?"
> "뭐?"
> 순간 화가 치밀어 올랐다. 한 대 확 갈겨주고 싶었지만 아까 그녀가 그림을 망치는 바람에 내 팔 부분으로 그림을 지워버려서 이 나쁜 녀석을 갈겨줄 수가 없었다.
>
>   – 학생작품 〈지우개의 눈으로 사랑을 보다〉 부분

때려주려 했는데 '하필 팔 부분이 닳아 없어져서' 한 대 갈겨주지 못하는 지우개이다. 화자가 사람이었으면 절대 나올 수 없을 표현.

한숨 푹 자고 나니 어느새 거실에 옅은 어둠이 스며든다. 아 벌써 9시네. 이제 곧 아이가 오겠군. 그리고 10시에 아주머니와 같이 드라마를 보겠지. 11시쯤 되면 아저씨가 얼굴이 벌개져서 올 테고. 제시간에 딱딱 맞춰서 오는 그들이 신기하기만 하다. 그들도 나처럼 어디선가 열심히 쳇바퀴를 돌리고 있는 게 아닐까. 밥을 위해 무의미한 쳇바퀴를 돌리는 나처럼, 매일 똑같은 시간에 똑같은 쳇바퀴를. 혹시 저들도 나와 같은 다람쥐의 한 종이 아닐까. 인간의 모습을 하고 있지만 사실은 나와 다를 게 없는 다람쥐의 일종. 딩동 초인종이 울린다. "다녀왔습니다." 피곤에 찌든 아이의 목소리가 들린다. 나는 창밖을 본다. 어느새 하늘에는 짙은 어둠이 스며들었다. 달이 어제보다 조금 홀쭉해진 밤. 나는 오늘도 열심히 쳇바퀴를 돌린다.

– 학생작품 〈다람쥐의 눈으로 인간을 보다〉

이 집의 식구들은 겉은 인간이지만 사는 모습은 다람쥐인 '나'와 별반 다를 게 없다. '혹시 저들도 나와 같은 다람쥐의 한 종이 아닐까?' 하는 의혹은 당연.

인간들이 내가 달려있는 베란다에서 얘기하는 걸 듣자하니, '전국모의고사'라는 걸 망쳐서 저렇게 자살했단다. 뭐 그러면서 인간들이 요즘 학생들이 그런 것 때문에 죽는다니 참 나는 쇠창살로 태어난 게 행운인 것만 같다.

이 글은 당시 중학교 2학년이었던 학생이 쓴 것이다. "고등학교 언니들 불쌍해요. 휴, 저도 얼마 안 있으면 고등학생이 될 텐데." 걱정하더니 저런 작품을 써냈다.

여러분도 괄호 안에 들어갈 것을 스스로 정해 직접 써보기 바란다.
꼭! 골고루!

지식을 담은 글쓰기

문학의 위기를 논하는 자리가 부쩍 많아졌다. 그에 따른 진단도 참 다양하다. 영상 매체의 오락성에 밀린다, 표현방법이 지나치게 난해하다, 부자인 작가가 별로 없다, 실용성이 별로 없다 따위. 오락성이야 영상 매체가 추구하는 바와 문학이 추구하는 바가 똑같을 수 없으니 그렇다 치고, 표현방법의 난해함은 모든 작가가 다 그런 것은 아니니 그것도 그렇다 치고, 부자인 작가 별로 없는 거야 새삼스러운 이야기이고, 실용성의 문제는……, 이 실용성 측면에 이르러선 문인들에게도 반성할 부분이 있다.

시를 잘 쓰기 위해 시집을 많이 읽고, 소설을 잘 쓰기 위해 소설을 많이 읽는 것은 당연하다. 또한 시를 잘 쓰기 위해 소설을 많이 읽어 문장력을 키우고, 소설을 잘 쓰기 위해 시를 많이 읽어 인식력을 키우려 애쓰는 것도 당연하다. 더 나아가, 시나 소설을 잘 쓰기 위해 문화 전반에 걸친 소양을 갖추려 노력함도 지극히 당연하다. 더 나아가, 모름지기 문인은 인간과 관련된 것이라면 무엇에건 두루 관심을 두고 지식을 섭렵하려 애씀이 당연하다. 그런데 현실은 어떠한가?

사생활을 들여다보지 않았으니 함부로 단정할 수야 없겠지만 어쩐지 나는 우리나라 상당수 문인들의 독서가 문학작품에 국한되어 있지 않나 하는 의심이 들 때가 많다. 열매를 보면 씨앗을 알 수 있다는 말이 있다. 작품을 보면 작가를 알 수 있다. 최근작이라 해서 읽어 보면 이미 그 비슷한 문체와 내용을 어디선가 접한 적이 있다는 느낌이 들 때가 많다. 작가의 신변잡기를 소재로 삼은 작품은 왜 또 그렇게 많은지.

인간은 언어로써 사회와 문화와 문명과 자연과 관념과 심지어 인간 자신도 담아낼 수 있다. 실로 호모로퀸스(*Homo loquens*, '언어의 인간'이라는 뜻의 라틴어)가 문학으로 담아내지 못할 소재란 없다. 그러므로 문학의 생산자인 문인은 인문학뿐만 아니라 존재하는 모든 것에 관심을 열어두어야 할 것이다. 또한 어떤 신분과 어떤 직업군에서든 문인은 탄생할 수 있다. 그리하여 문학은 어쩔 수 없이 인간학이 될 수밖에 없다. 한국 역사극 분야의 거장이 되기까지와 그 뒤로도 엄청난 양의 역사관련 책을 읽은 극작가 신봉승, 체험에 취재의 노력까지 보태 리얼리즘의 거봉으로 우뚝선 황석영·조정래 등의 작가들, 수백 수천의 섬을 직접 여행하여 시집을 묶었던 시인 이생진 등 문학의 지평을 넓혀온 문인들의 맥이 가늘어지진 않을까 걱정이 된다. 자아를 탐구하는 것도 좋고 판타지를 연출하는 것도 좋다. 하지만 한 쪽에 치우치는 동안 혹시 정물화나 풍경화도 그려내지 못하면서 추상화를 그려대고 있진 않은지 스스로 반성해 봐야 할 일이다. 도깨비보다 토끼 그리기가 본래 더 어려운 법이다.

외국의 경우엔 사회 각계의 다양한 출신들이 작가로 나서 독자에게 읽는 즐거움과 실용성을 동시에 안겨주는 작품을 써내고 있다. 특히 소설분야에선 더욱 두드러진다. 하버드 대학교 의대를 졸업한 로빈 쿡은 의학 스릴러를 쓰고, 미시시피 주립대학교를 졸업한 존 그리샴은 법정 스릴러를 쓴다. 과학소설 '스페이스 오디세이'로 잘 알려진 아서 찰스 클라크는 발명가이기도 하다. 트레이시 슈발리에처럼 역사 속의 인물을 소설로 재창작하는 작가도 환영받고 있다.

독자가 내 글을 읽고 나서 덕분에 새로운 걸 아주 인상 깊게 알게 되었다고 말할 수 있도록 작품에 지식을 넣어 보자. 책이나 신문, 잡지 등을 읽다가 아주 새롭고 놀라운 지식을 얻게 되면 그것이 들어있는 작품을 써 보도록 하자. 마음에 새길 만한 명언이나 아름다운 시를 인용하는 것도 좋다. 지식이 담긴 글로 내 작품에 실용성을 불어넣자.

어떤 책은 천천히 음미해야 하고 어떤 책은 삼켜버려야 하며 어떤 책은 잘 씹어 소화시켜야 한다. ─ 베이컨

딴소리하기

흔히 A하면 A와 상식적으로 관련이 있는 것만 떠올리기 쉬운데, 문학은 그렇게 써서는 시쳇말로 답이 안 나온다. A와 전혀 무관해 보이는 B를 또 하나의 A로 삼아 'A=B'의 메타포를 성립시키는 미적인식(美的認識) 능력이 '딴소리하기' 훈련의 목적이다.

만약 '호수'가 제목이라면 내용으로는 '호수'에 비견할 만한 다른 것을 이야기한다. 예를 들어, 잔잔하고 평온해 보이는 어떤 식구들의 일상에 파문이 일게 한다거나 어항 속의 금붕어 이야기를 한다든지 하는 형태로 작품을 써낸다. 만약 개성이 아주 강한 주인공을 내세웠다면 그에게 걸맞은 사물이나 동물을 제목으로 삼는 것도 이에 해당된다. 기회주의자의 몰락을 그리고 제목을 박쥐라 한다든지 권세에 빌붙어 힘자랑하다 몰락한 사람들 이야기라면 빙하기.

이 글감은 제2부 '발상 : *Something Special*'의 실습인 격이다. 제3부 시를 맛보는 방법 열두 가지 가운데 '적절한 대비'도 참조.

땀, 침, 눈물 그리고 피

인체의 대표적인 체액 네 가지인 '땀, 침, 눈물, 피'는 글감으로서도 아주 유용하다. 다음 세 가지는 수업시간에 잘 등장하는 유형이다.

유형1 땀(노력) 흘리는 사람에게 주변 사람들이 침(조롱)을 뱉어 눈물(설움)을 흘려야 했지만 피(혈육)를 위해 끝끝내 견뎌낸다. 혹은 피(혈육)의 이해와 사랑으로 극복한다.

유형2 유형1의 결말을 비극적으로 마무리한다. 땀(노력)이 침(조롱)과 눈물(억울함)을 겪다가 결국 피(자살, 피살, 사고 따위)를 흘리게 된다.

유형3 인상적인 장면을 엮어서 이야기를 짓는 경우도 왕왕 볼 수 있다. 예를 들면, 운동(땀)-노숙자(침)-편지(눈물)-헌혈(피)

학생작품을 하나 감상해 보자. (당시 고등학생, 현재는 추계예술대학교 문예창작학교 재학생)

땀, 침, 눈물 그리고 피

행주를 쥔 손에 힘을 슬쩍 뺀다. 허리의 척추 뼈 마디마디를 바늘로 쑤시듯이 통증이 밀려든다. 나는 행주를 반찬접시와 손님들이 남기고간 음식물이 가득한 식탁 위에 던지듯 내려놓고 식탁 의자에 주저앉는다. 의자 등받이에 등을 기대자 한숨이 길게 터져 나온다. 식당의 침침한 전등 불빛이 내 속눈썹 끝에 걸터앉는다. 한층 무거워진 눈꺼풀을 살짝 감았다 뜬다. 행주질을 하느라 걷어 올린 오른쪽 소매가 어느 새 또 밑으로 흘러 내려가 있다. 너덜너덜 해진 옷도 옷이라고. 휴……. 나는 다시 소매를 팔꿈치 위까지 걷어 올리며 팔을 들어 손등으로 눈썹 위를 훔친다. 이마에 송골송골 고인 땀에 손등이 젖어든다. 손등에 맺힌 땀방울이 식당 불빛에 비춰 반짝인다. 작고 동글동글하게 빛나는 땀방울을 보니 집에 있는 아이가 생각난다. 우리 아기 반짝이는 눈이, 작은 코도 앵두 같은 입술도. 지금쯤 자고 있을지, 아니면 배가 고파서 칭얼거리고 있을지. 오늘 아침 집을 나오며 본 아이의 얼굴이 눈앞에서 어른거린다.

딸랑. 종소리와 함께 식당 문이 열린다. 나는 자리에서 서둘러 일어나 행주를 집어 든다. "어서 오세요. 금방 치워 드릴게요." 식당에 들어 선 사람들은 두 명의 젊은 엄마였다. 한명은 품속에 아이를 안고 다른 한명은 다섯 살 정도 되어 보이는 남자아이의 손을 잡은 채 식탁 쪽으로 다가온다. 나는 은회색 큰 쟁반에 반찬 접시들을 쌓아 올리고 주방 쪽으로 가져간다. 주방 카운터 위에 은회색 쟁반을 내려놓고 더러워진 행주를 빨려고 주방 안쪽으로 들어서는데 식당 언니들의 수군거리는 소리가 귓가에 들린다. "들어온 지 얼마 되지도 않은

게 늑장을 부리고 그래?" "출산한 지 얼마 안됐대." "애는 지만 나? 우리도 다 애 낳고 일하고 그러고 살았지!" "쟤 어리잖아. 애기 아빠도 도망가고 없대." "어쩐지…… 아무튼 요즘 애들은……." 나는 찬물에 행주도 손도 다 꽁꽁 얼 정도로 빡빡 문지르고 또 문지른다. 귓가를 후벼 파는 그들의 대화는 멈출 기색을 보이질 않는다. 열손가락 끝이 찬물에 얼어 동상이라도 걸린 듯이 뜨겁고 따끔거린다. 나는 찬물을 끄고 물기를 잔뜩 머금은 행주를 쥐어짠다. 물기가 더 이상 나오지 않을 때까지, 행주를 이리도 돌려보고 저리도 돌려보고. 물기가 바짝 다 빠져 버린 행주를 탁탁 펼쳐 다시 네모 낳게 접는다. 식탁을 닦으려 주방을 나서는 순간 다시 한 번 식당 큰언니의 목소리가 내 발목을 붙잡는다. "머리든 배든 텅텅 비었으니 배라도 일단 채워 본 거겠지." 나는 손에 곱게 접혀있던 행주를 꾹 움켜쥐고 주방 쪽 언니들을 향해 몸을 돌린다. 한 자리에 모여 수군덕거리던 언니들은 서로 눈치를 보며 사방으로 흩어진다. 마지막 까지 자리를 지키고 있던 큰언니도 나와 눈이 마주치자 빨간 립스틱이 잔뜩 묻은 입술을 삐죽 내밀며 내게서 등을 돌린다. 그들이 모여 있던 자리에서는 비릿한 침 냄새만이 진동을 한다.

행주로 식탁이 벗겨지듯 문지른 나는 행주를 들고 주방 뒤쪽으로 난 작은 문을 통해 밖으로 나간다. 파란 고무슬리퍼를 끌고 건물 밖으로 나간 나는 식당 벽에 기대어 앉는다. 눈 밑까지 자란 앞머리가 눈을 따갑게 찌른다. 나는 고개를 들고 하늘을 바라본다. 건물 벽 위로 난 작은 배기구에서 흰 김이 피어오른다. 행주를 발밑으로 떨어뜨리고 앞머리를 쓸어 올린다. 앞머리를 위로 쓸어 올려도 왜 이렇게 눈이 따가운 걸까, 눈앞이 점점 뿌옇게 차오른다.

나는 김치찌개 국물이 묻은 앞치마 주머니에서 휴대폰을 꺼내든다. 휴대폰을 열자 나를 빤히 바라보는 아이의 동그란 눈동자가 반짝거리며 뜬다. 1번 버튼을 길게 누른다. 통화음이 네다섯 번 정도 울리고 엄마의 목소리가 들린다. 무슨 일 있느냐는 엄마의 목소리에 뿌옇게만 보이던 앞이 물에 씻긴 듯 맑아진다. 아니요 아무 일도 없어요. 지은이가 보고 싶어서. 아직 말도 못하는 애한테 전화해서 뭐해. 일 끝나면 바로 집으로 와. 네가 좋아하는 된장국 끓여 놨으니까. 나는 입술을 꼭 물어뜯으며 고개만 세차게 흔든다. 찬바람에 얼어버린 몸 속에 흐르는 피가 고동치는 소리가 점점 크게 들려오는 듯하다. 엄마 손, 지은이의 손을 꼭 잡은 것처럼 손에 따뜻한 피가 돌고 있다. 난 그저 핸드폰을 귀에서 떼지 못한 채 붙들고 울음만 삼킨다.

10분

사건 전개에 시간제한을 두어 작품을 쓰는 것도 창의력을 발휘하기에 아주 좋다. 내가 학생들에게 주로 제시하는 제목은 '10분'이다. 소설가를 지망하는 학생들이 평소 연습하는 분량이 주로 원고지 15매 내지 20매의 콩트인 데다 발상을 힘들어 하는 고등학교 학생들에겐 그냥 학교의 쉬는 시간 10분을 이용해서 써 보라고 지시하기 때문이다. (심리묘사에 능한 학생에게는 1분을 주기도 하고 24시간을 주어 원고지 70매 이상의 단편소설을 쓰게 하기도 한다.)

'10분'이라는 제목은 소설로 쓸 경우엔 크게 세 가지 형태의 작품을 낳는다. 첫 번째는 10분에 걸친 사건을 이야기의 절정으로 삼는 작품이고, 두 번째는 첫 장면과 끝 장면 사이가 정말 10분 정도 걸릴 만한 이야기를 쓴 작품이고, 나머지 하나는 여러 명의 화자가 같은 시간대에 각각 다른 장소에서 다른 생각과 체험을 하는 내용의 작품이다.

예를 들어, 정이현 소설 '삼풍백화점'은 1995년 6월 29일 오후 6시경 약 10분에 걸쳐 일어난 사건을 이야기의 절정으로 삼은 경우이다. 만약 삼풍백화점 현장에 있다 구조된 사람의 회상이라면 그 악몽 같은 10분의 한 단면을 그려낸 작품이 나올 것이다. 또한 취재기자를 화자로 내세우면 여러 목격자와 생존자의 증언을 토대로 삼풍백화점 붕괴사건 10분간의 전모를 파헤친 작품을 쓸 수도 있다.

인간은 결코 같은 시각에 같은 장소에서 함께 있을 수 없다. 서로 아무리 가까이 있어도 좌우 혹은 위아래 혹은 앞뒤에 있는 것이다. 나는 나고 너는 너고 그는 그이다. 이 점에 착안하여 여러 화자들이 같은 시간대에 놓인 '10분'을 각자 다른 장소에서 다른 생각을 하며 다른 시각으로 사건을 해석하는 작품을 써내는 것도 제목 '10분'을 다루는 좋은 방법이다.

같은 제목으로 시를 쓸 경우에는 조금 양상이 달라진다. 앞서 소설의 예처럼 쓰기도 하지만, 시로 쓸 때에는 10분이란 시간 자체에 의미를 부여해서 다양한 관념을 표현하는 경향이 있다. 물론 어린 학생들이라 인식의 깊이가 얕은 게 흠이긴 하다. 기성시인의 작품 가운데에는 다음 소개하는 문병란의 '10분 먼저 와서'가 학생들이 즐겨 택하는 유형의 시이다.

약속을 지키려
다방에 10분 먼저 와서
잠깐 마음을 가다듬는다.

10분 늦게 오는 것보다
10분 먼저 오는 것이
현금보다 더 귀한 삶의 이익

10분을 덤으로 챙겨
기다림을 연장하는 여유
나의 하루는 오롯하다.

사랑하는 사람아, 10분 먼저 온 나보다

10분 늦게 오는 너는 지금 어디쯤

허겁지겁 잰걸음 쫓기고 있느냐.

10분의 나의 여백

초로 쪼개고 분으로 나누면

하루도 되고 일 년도 되는 시간

비어둔 자리엔 음악이 흐르고

나는 이제 아무도 기다리지 않는다.

10분 먼저 와서

누군가 기다린다는 것은

인생이 아직 행복 편에 서 있다는 것

이제는 영영 오지 않아도 좋을 너를 기다려

사랑하는 사람아, 나는

멀거니 식어버린 커피잔을 바라본다.

아직도 나는 행복의 여신을 꿈꾸고 있다.

– 문병란 시 '10분 먼저 와서' 전문

같은 샘에서 솟는 물을 먹고도 소는 우유를 내고 독사는 맹독을 낸다. 이 말은 독서에도 그대로 적용된다. 똑같은 책을 읽고 나서 어떤 이는 오만과 편견과 망상의 노예가 되고 어떤 이는 지혜와 지성과 창조의 자유인이 되기도 한다. 종교의 예와 비교해 보면 이해하기 쉽다. 똑같은 경전을 읽고도 어떤 이는 사회에 해악을 끼치는 광신도가 되고 어떤 이는 두루두루 희망과 깨달음의 빛을 뿌리는 평화의 전령이 된다. 왜 이런 일이 생기는 것일까?

책은 별을 닮았다. 스스로 빛나는, 남의 빛을 받아야 빛나는, 가까이에서 빛나는, 아주 오래 전에 먼 곳에서부터 빛나기 시작해 비로소 내 눈앞에서 빛나는, 애초에 빛난 적이 없는, 한때 제법 빛나다 지금은 전혀 빛나지 않는, 한때 살짝 빛나다 지금은 그마저 빛도 나지 않는 책. 심지어 인공위성처럼 아주 가까운 곳에서 과장되게 빛나는 책도 있다.

사람을 사귀면 그 사이에서 추억이 생겨나듯 책을 읽으면 책과 나 사이에 추억이 생겨난다. 사람을 만나면서 우리가 겪게 되는 기대와 실망, 뜻밖의 매력, 절망, 새로운 발견, 제3자의 관여로 인한 특별한 사연 등 여러 가지 요소들이 책과 만날 때에도 생겨난다. 특히 문학서적의 경우, 책을 읽음은 곧 작가를 읽음과 다름없다 해도 과언이 아니다.

그렇다면? 만났으면 사랑하든지 싸우든지 해야 할 것이 아닌가? 책과 사랑을 나누거나 싸우는 기술에는 다음과 같은 것들이 있다. 물론 상대할 가치가 없는 책은 그냥 지나쳐버리면 그만이고.

    1. 장르 바꿔 써보기

    2. 분량 늘였다 줄였다 하기

    3. 뒷이야기 잇기

    4. 장면 끼워 넣기

    5. 등장인물 되어보기

    6. 속편 써보기

    7. 뜯어 고치기

1. 장르 바꿔 써보기

운문을 산문으로, 산문을 운문으로 바꾸어 본다. 운문이 어떤 부분을 생략하고 어떤 문장을 함축하는지, 산문이 어떤 장면을 세밀하게 묘사하고 어떤 부분을 가볍게 처리하는지 깨닫는 데에 '운문·산문' 훈련보다 효과적인 방법은 없다.

2. 분량 늘였다 줄였다 하기

소설 본문의 표현을 최대한 활용하여 줄여서 쓰거나, 짧은 콩트나 수필을 50매 이상의 단편소설로 늘여 써본다. 원문에 들어있는 표현을 최대한 활용한다는 점에 특히 유의한다.

3. 뒷이야기 잇기

작품의 뒤에 새로운 이야기를 잇는다면 어떤 내용을 쓸 수 있을까 생각해 보자. 예를 들어, 황순원 '소나기' 의 뒷이야기로 작중의 소년이 성장하여 고향을 찾아오는 이야기를 쓴다든지, 알퐁스 도데 '별' 의 뒷이야기로 스테파네트 아가씨를 밤새 돌본 목동이 주인의 오해를 받아 뭇매를 맞고 쫓겨나는 이야기를 쓴다든지.

4. 장면 끼워 넣기

원작에 없는 새로운 장면을 지어내어 끼워 넣어 본다. 감쪽같이 해내려면 원작 수준의 표현과 분위기를 자아내야 하므로 문장수련에 큰 도움이 된다.

5. 등장인물 되어보기

작가인 내가 작품 속으로 들어가서 작중인물들과 상대하여 보는 것이다. 이 방법은 크게 셋으로 나눌 수 있다. 첫째, 이미 존재하는 캐릭터 가운데 하나가 되어본다. 둘째, 작가임을 밝히고 새로운 등장인물로서 작품 속으로 들어간다. 셋째, 작가의 화신을 하나 만들어 등장시킨다.

6. 속편 써보기

원작의 수준에 걸맞은 속편을 써보는 것이다. 여러분은 아마 어렸을 적에 '피터 팬'을, 비록 완역본은 아니었을지라도 최소한 짧게 줄여 놓은 동화로라도, 읽어보았을 것이다. 이 작품의 저자인 제임스 매튜 배리(1860~1937)는 그가 죽기 전에 〈피터 팬〉의 모든 권리를 오몬드 아동병원에 양도하였다. 2004년, 오몬드 아동병원은 〈피터 팬〉 탄생 100주년을 기념하여 속편 원고를 공모하여, 미국의 여성작가인 제랄딘 매커린의 작품이 선정되었다.

7. 뜯어 고치기

세상에 완벽한 텍스트란 없다. 책이나 신문에 활자화된 텍스트라 해서 무조건 신뢰하거나 숭배하는 태도는 곤란하다. 널리 칭송받는 문장가의 작품이라 할지라도 성에 차지 않으면 직접 고쳐서 다시 써보자.

독서가 정신에 미치는 영향은 운동이 육체에 미치는 영향과 다름없다. — 조지프 에디슨

심리치료와 글쓰기

세상에 심리치료가 필요하지 않은 사람은 없다. 평생 몸에 질병을 앓아
본 적 없는 사람이 있을 수 없듯이 정신에 병을 앓아본 적 없는 사람도 있
을 수 없다. 그럼에도 불구하고 사람들은 정신이 앓는 병을 부끄럽게 여
기며 감추다 끝내 걷잡을 수 없는 처지에 놓이기도 한다.

심각한 정신병이나 반사회적 성격장애까지는 아니더라도 콤플렉스나 신
드롬 정도는 적절한 글쓰기만으로도 상당 부분 치유될 수 있다.

스스로 심리치료를 하겠다는 의지가 생긴 시점부터 이미 치유는 진행되
기 시작한다. 글을 쓸 때의 자아와 읽을 때의 자아 사이에 심리적 거리가
생겨나기 때문이다. 글쓰기를 통한 심리치료에서 초고(草稿)는 투병의지
의 표현이며 퇴고(推稿)는 문장의 완성 그 이상의 것, 즉 마음과 생각의 변
화를 의미한다.

지면 관계상 이곳에는 심리치료를 위한 글쓰기에서 가장 중요하다고 여
겨지는 〈과거 상대하기〉, 〈현실 받아들이기〉, 〈자존심 바로잡기〉, 〈권태
다스리기〉, 〈사랑을 이해하기〉 이상 다섯 가지와 관련된 소주제 32항을
개요와 더불어 소개하겠다.

1. 과거 상대하기

아무리 밝은 기억이라도 거기 집착하다 보면 실제보다 미화되기 마련이고, 그로 인해 현재의 생활이 힘들어질 수 있다. 생각하기도 싫은 어두운 기억은 그로부터 도피하면 할수록 비대해지지만 막상 맞닥뜨려 상대하면 김빠진 풍선처럼 차츰차츰 쪼그라들기 십상이다. 과거, 특히 유소년 시절에 겪은 일을 상대하는 일은 심리치료 과정에서 필수이다. 심리치료를 위해 기억을 끄집어낼 때는 밝은 기억과 어두운 기억을 골고루 상대해야 무리가 따르지 않는다.

1-1. 밝은 기억 상대하기

- 잊기 싫은 기억을 되살리며 당시 감정을 묘사하기
- 잊기 싫은 기억을 현재형 시제로 쓰기
- 잊기 싫은 기억을 다른 사람의 시점으로 쓰기
- 잊기 싫은 기억을 다른 내용으로 바꿔 쓰기
- 내게 위로와 격려가 되었던 말들 정리하기
- 감사하는 글쓰기
- 추억 속에 등장하는 인물에게 편지 쓰기
- 재밌는 꿈을 이용해 동화나 소설 쓰기

1-2. 어두운 기억 상대하기

- 잊고 싶은 기억을 맞상대하여 당시 감정을 묘사해 보기

- 잊고 싶은 기억을 현재형 시제로 쓰기

- 잊고 싶은 기억을 다른 사람의 시점으로 쓰기

- 잊고 싶은 기억을 다른 내용으로 바꿔 쓰기

- 눈물이 펑펑 날 때까지 슬픈 기억 쓰기

- 내게 죄의식을 불러일으켰던 사건 다시 평가하기

- 나에게 상처를 준 말들 정리하기

- '악몽'의 속편을 코믹하게 써보기

2. 현실 받아들이기

과거를 상대하는 일이 견딜 만해지면 현실을 보는 눈에도 여유가 생긴
다. 현실은 긍정하거나 부정해야 할 대상이라기보다 차분히 받아들여야
할 대상이다. 과거에 빛과 어둠이 공존했듯이 현재 또한 그럴 수밖에 없
음을 수긍하면서 생활에너지를 끌어올려야 한다.

- '인정하고 싶지 않지만'으로 시작하는 글쓰기

- '다행스럽게도'로 시작하는 글쓰기

- 10년 전의 나와 지금의 나는 어떻게 달라졌나?

- 10년 뒤의 나는 지금의 나와 어떻게 달라질까?

3. 자존심 바로잡기

삶의 도정에는 어린 시절 부모님이나 선생님의 잔소리부터 또래집단의

조롱과 직장 상사의 질책에 이르기까지 자존심을 공격하는 상황이 널려 있다. 원인도 외모, 능력, 죄의식, 자책 등 다양하다. 일단 상처를 입은 자존심은 단순한 반발이나 인내만으로는 잘 아물지 않는다. 자존심을 바로 잡으려면 자기 성격에 맞는 이성(理性)적 대응, 즉 사고방식의 변화가 반드시 필요하다.

- 신체 일부에게 위로의 말 건네기

- '내가 잘 할 수 있는 것'에 대한 글쓰기

- 무언가를 만들기 시작한 후 날마다 그 진척상황 적기

- 그림, 악기, 운동 등을 익히며 그에 대한 느낌 적기

4. 권태 다스리기

쉬어야 할 때 쉬는 능력을 갖추지 못하면 권태에 빠져들기 쉽다. 쉬는 능력이 따로 있느냐 되묻는 사람이 많겠지만 의외로 세상에는 제대로 쉴 줄 모르는 사람이 많다. 권태는 사람의 에너지를 소진시켜 지치게 하고 우울증에 빠뜨린다. 겉모습은 휴식인데 정작 본인은 격무에 시달리는 것 못지않으니 환장할 노릇이다. 아이러니한 점은 권태를 두려워하는 사람일수록 오히려 권태에 더 잘 빠져든다는 것이다. 권태를 잘 다스리고 즐길 수 있게 되면 거기로부터 예술적인 영감이 솟기도 한다.

- 권태로운 심경 적나라하게 표현하기.

- 심통 사나운 악당처럼 글 써보기

- 권태로부터 얻은 것 찾아보기
- '살짝 특별한 오늘'이란 제목으로 글쓰기

5. 사랑을 이해하기

사랑은 관념이나 환상이 아니라 누구나 평생 연구하고 깨달아 발전시켜야 하는 능력이다. 세상에 똑같은 크기에 똑같은 표현방법으로 서로 사랑하는 관계란 없으며, 사랑의 수준도 사람마다 다르다. 그러므로 사람이 서로 무난하게 사랑을 지속시켜 나가기 위해선 근면·인내·상상력·연민·교양 따위 인격적인 요소들이 뒷받침되어야 한다. 사랑 없는 존경은 있어도 존경 없는 사랑은 없다. 상대방과 내가 서로 '어떻게, 얼마나, 어째서' 다른지 이해하려는 노력 없이 사랑은 결코 성숙하지 않는다.

- 사랑을 받은(①받아들인/②받아들이지 못한) 경험
- 사랑을 베푼(①받아들여진/②받아들여지지 못한) 경험
- '사랑, 내 기대에는 못 미쳤지만'이란 제목으로 글쓰기
- '서툰 사랑'이란 제목으로 글쓰기

〈심리치료와 글쓰기〉는 그 자체로 하나의 학문영역이다. 차후 상담심리 분야의 전문가들과 협조하여 좀더 체계적으로 정리된 결과를 풍부한 임상실례(臨床實例)와 더불어 소개할 날이 오리라 믿는다.

신들도 내 작품을 본다

　　고대 그리스의 조각가 페이디아스(*Pheidias*)가 기원전 440년경 제작한 조각들은 2,400여 년이 지난 지금도 아테네 파르테논 신전의 지붕 위에 서 있다.

당시 그의 작품을 보는 사람마다 그와 그의 작품에 대해 칭송을 아끼지 않았다. 그러나 정작 아테네의 재무담당 관리는 작품료 지불을 거절했다. 거절 사유는 이랬다.

"조각들은 신전의 지붕 위에 세워져 있고, 신전은 아테네에서 가장 높은 언덕 위에 있다. 따라서 사람들은 조각의 앞면밖에 볼 수가 없다. 그런데도 당신은 우리에게 조각 전체 값을, 다시 말해 아무도 볼 수 없는 조각의 뒷면 작업에 들어간 비용까지 청구했다. 어떻게 생각하는가?"

페이디아스가 대답했다.

"아무도 볼 수 없다고? 당신이 틀렸어. 하늘의 신들은 볼 수 있지."

5. 갈래별 글쓰기

일기
감상문
수필
시
소설
기사
논술
비즈니스문서

일기(日記)

제1부에 '일기를 통한 글쓰기 훈련'이라는 제목으로 이미 일기 쓰기의 중요성과 방법에 대해 적어 놓았으니 여기엔 개요만 적도록 하겠다.

일기는 '나'의 글이다. '나의 글'은 다른 사람에게 보여줄 생각 없이 남기는 글, 누군가 보아주었으면 하고 남기는 글, 장차 보여주기 위해 준비하는 중이라서 아직 보여줄 수 없는 글이 있다. 셋 가운데 어느 경우이든 일기는 '나'를 위한 '나'에 의한 '나'의 글이다.
"나는 생각한다. 고로 나는 존재한다."라고 한 데카르트의 말이 아니더라도, '나'가 있어 내 앞에 '너'를 포함한 세상이 존재할 수 있다. 바로 '나'가 존재의 출발이다. 따라서 일기는 세상에 존재하는 모든 문학형식의 출발점이 될 수 있다.

일기 쓸 거리가 없다는 사람은 일기공책 첫 장에 다음 문장들을 메모해 놓으면 크게 도움이 될 것이다.

- 이런 일이 있었다.
- 감상한 책, 영화, 연극, 전시회 등

- 문득 이런 생각이 들었다.

- 그 또는 그곳이 어제와 사뭇 달랐다.

- 오래 전에 있던 일이 오늘 다른 관점으로 해석되었다.

- A가 이런 내 마음과 생각을 알아주었으면 좋겠다.

- 시(수필, 소설, 극본, 시나리오)로 쓰고 싶은 내용.

- 피곤하다. 일단 그림으로 그려놓자.

글이 서정성을 얻는 데에는 컴퓨터 자판보다는 손으로 쓰는 편이 낫겠지만, 아쉬운 대로 이즈음 유행하는 개인 홈페이지나 블로그를 이용하여 꾸준히 일기를 써보라고 조심스럽게 권해본다.

'오늘'은 너무 평범한 날인 동시에 과거와 미래를 잇는 가장 소중한 시간이라고 한 괴테의 말이 아니더라도 오늘을 잘 살아내는 것이 행복의 첫째가는 비결이라는 의견에 반대할 사람은 아마 없을 것이다. 그러니 오늘을 평가하는 일기의 중요성은 아무리 강조해도 부족함이 없겠다. 스포츠의 기록을 향상시키듯 일기를 통해 삶의 질을 향상시켜 보자.

감상문(感想文)

집필 동기가 감상(感想)인 글이다. 굳이 분류하자면, 자기 신변에서 일어난 일을 계기로 생겨난 생각을 적는 생활감상문과 책, 음악, 영화, 연극, 그림, 강연 따위 문화적 체험을 하고 난 뒤에 적는 문화감상문으로 크게 나눌 수 있겠다. 전자는 경수필과 겹치고 후자는 중수필이나 평론과 겹치는 부분이 있다. 어느 정도 수준을 갖춘 감상문에는 비평이 들어있기 마련이라서 감상비평문이라고도 한다.

· 생활감상문 : 신변잡기, 기행문, 기사나 보도로 접한 시사적인 문제에 대한 의견 등
· 문화감상문 : 독후감, 음악감상, 연극관람 소감, 영화감상, 전시회 체험수기 등

감상문은 남에게 보여주려는 의식 없이 써놓는 경우라면 자기가 훗날 다시 읽어서 기억을 되살리기 쉽게 자기 나름대로 쓰면 된다. 하지만 공개적으로 발표하는 경우라면 구상단계에서나 퇴고할 때 다음 조건들을 면밀히 검토할 필요가 있다.

1. 감상과 비평의 대상을 분명히 할 것

설마 감상문을 그렇게 쓰는 사람이 있을까 하겠지만 의외로 텍스트를 읽어보면 도대체 무엇에 대한 글인지 알 수 없는 경우를 왕왕 본다. 특히 비판하는 부분을 정확히 인용해서 보여주지 않으면 공연히 헐뜯는 글처럼 보일 수 있다.

2. 감상과 비평의 대상을 정확히 파악할 것

대상을 정확히 파악하지 못한 감상문은 이미 감상문으로서 가치가 없다. 대충 읽었거나 요약본만 읽었거나 부분만 읽었거나 잘못 이해한 사람의 감상은 핵심을 벗어날 수밖에 없다.

3. 논리를 갖출 것

도입부터 결말까지 논리의 모순 없이 일관성 있게 써야 한다. 중간에 주장이 달라지면 감상이 아닌 궤변이 되어버린다.

4. 개성을 발휘할 것

상식적인 내용을 상식적으로 해석해서 상식적으로 표현한 글은 식상하다.

수필(隨筆)

흔히 수필이라 하면 앞서 다룬 생활감상문이나 문화감상문을 아우르는 말일 수도 있지만, 여기선 좀 더 나아가 '사색과 통찰이 강조된' 수필만을 이야기해 보도록 하겠다.

수필(隨筆) 작법을 이야기할 때 흔히 '손 가는 대로 물 흐르듯이 쓰라'고들 한다. 그런 말 때문에 수필을 그야말로 문학 장르로 보아주기도 아까운 아무렇게나 쓰면 되는 글로 생각한다면 이는 정말 중대한 오판이고 심각한 오해이다.

먼저 '손 가는 대로'라는 표현부터 살펴보자.
피아니스트가 피아노 앞에서 손 가는 대로 연주한다고 '아무렇게나'가 되진 않을 것이다. 도둑놈이 남의 물건 앞에서 손 가는 대로 움직이면 어떤 일이 벌어질까? 칼을 든 무사가 손 가는 대로 움직인 것과 보통 사람이 손 가는 대로 움직인 것이 같을 수 있을까? 손 가는 대로 쓰라는 말은 그 손의 임자인 사람답게 쓰라는 말에 다름 아니다. 이는 다시 말해, 자기 개성과 자기 전문성을 살려 쓰되 다른 문학 장르의 글을 쓸 때보다 격식에 덜 매여도 좋다는 뜻이다.

다음은 '물 흐르는 대로' 라는 표현.

하고 많은 자연물 가운데 물을 들어 '물 흐르듯이' 글을 쓰라고 하는 말은 여러 의미를 함축하고 있다. 흐르는 물의 속성을 곰곰 살펴보면 수필이 지향하는 아름다움이 어떤 것인지 짐작할 수 있다.

첫째, 수필은 빈부귀천과 학식의 높낮이를 가리지 않는 대중의 문학이다. 만유에 고루 스미어 있다가 생명 있는 모든 것에게 섭취되는 물처럼 수필은 인간사회 어느 계층에 가서 닿든 두루 유익한 문학 장르이고자 한다.

둘째, 수필은 모든 인간이 순리대로 살아가기 바라는 바른 생각의 문학이다. 멈춘 물은 고이고 고인 물은 썩지만 흐르는 물은 비록 당장은 더러움을 안고 있을지라도 결국 깨끗함으로 나아간다. 수필은 깨끗하고 바르고자 하는 인품이 가장 잘 드러나는 문학 장르이고자 한다. 수필은 난삽하지 않고 소박하고 겸허해야 상품(上品)이다.

셋째, 좋은 수필은 파고드는 힘이 강하다. 물이 생명 있는 모든 물질의 본질에 관여하듯 수필은 글쓴이가 무언가에 대해 사색하고 통찰하여 써낸 글이다. 다만 물처럼 솔직하고 담백하며 꾸준함이 다른 문학 장르의 파고드는 방식과 다를 뿐이다.

넷째, 수필은 그 자체로 하나의 완성이지만 다른 문학 장르를 준비하는 친화와 포용의 문학이기도 하다. 물이 다른 물질과 섞여 피가 되고 땀이 되고 젖이 되고 침이 되듯이 수필은 함축됨으로써 시가 되기도 하고 허구가 더해져 소설이 되기도 한다.

나의 손은 어떠한 손인가? 나의 사색과 통찰을 담은 글은 어떤 물을 닮았
는가?

수필(隨筆)의 '수'를 한자로 쓸 때 '물 水'나 '손 手'로 쓰는 분들이 있는데 이는 수필의 특징 때문에 생긴 오해이다. 수필(水筆)은 붓끝을 항상 먹물이나 잉크 따위에 찍어서 물기를 말리지 않고 쓰는 붓을 일컫는 말이다. 만년필, 털붓, 펜 따위가 있다. '물붓'으로 순화해서 쓴다. 수필(手筆)은 손수 쓴 글, 곧 자필(自筆)과 동의어이다. 수필(隨筆)의 한자어 첫 글자 隨의 뜻은 '따르다'이다.

시(詩)

시는 무어라 딱히 정의를 내리기 어려운 문학 장르이다. '시는 이런 것'이라고 말하기보다 '이런 것도 시가 될 수 있다' 고 말하는 편이 훨씬 자연스럽다. 심지어 어떤 시는 문학의 장르로 보기 어려운 경우도 있다. 이러 저러한 연유로 시는 참으로 인간답다. 인간이야말로 '인간은 이런 존재' 라고 말하기보다 '이런 존재도 인간' 이라 말하는 편이 훨씬 자연스럽기 때문이다.

정말이지, 시에 대해선 왈가왈부하면 할수록 '무식하면 용감하다' 는 빈정거림이나 듣기 십상이다. 그래서 나는 작은 의미의, 곧 언어예술 형태로 태어나는 시 이야기만 짤막하게 하고 말겠다. 시에서는 언어가 어떻게 쓰이고 있으며 또 어떻게 쓰이는 것이 바람직한가.

1. 시적인 묘사

어떤 글을 읽으면서 장식(裝飾)을 느꼈다면, 이는 그 글 속에 묘사가 들어있기 때문이다. 모든 장식이 아름답게만 느껴지지는 않는 것처럼 모든 묘사가 시를 아름답게 가꾸어주는 것은 아니다. 때와 장소에 어울리는 장식이라야 아름다울 수 있듯이 글의 맥락과 문체와 내용에 걸맞은 묘사라야 시답다 할 수 있다.

2. 시적인 진술

어떤 글을 읽으면서 유난히 가슴에 박히는 의미가 있다면, 이는 그 글 속에서 진술이 시적으로 사용되었기 때문이다. 달리 말하자면, 인식(발견과 탐구와 깨달음)을 참신하고 절도 있는 언어로 진술하여 심금을 울렸기 때문이다. 반면 진술이 넋두리로 떨어져버렸거나 피상적인 훈계이거나 일방적인 선동이면 독자의 가슴에 감동은커녕 거부감만 불러일으킬 것이다. 아무리 좋은 내용의 진술이라도 설명하고 해설한다는 느낌이 들 정도로 중언부언하지 말 것.

3. 묘사와 진술의 조화

진술은 알몸 같고 묘사는 장식 같다. 진술만 있는 시도 있고, 묘사로 진술을 숨겨 놓은 시도 있고, 묘사의 도움으로 진술이 빛나는 시도 있다.

마음이 맑은 시인에게는 장면이 상징이 되고 비유도 된다. 우리가 머리를 싸매고 상징과 비유를 찾아 헤매다 결국 지능 멀쩡한 사람들조차 도무지 알아듣기 힘든 아니꼬운 시를 쓰게 되는 태반의 원인은 우리 마음이 덜 맑아 우리 눈도 밝지 못한 탓이다. (물론 예외도 있다. 예컨대 아무리 쉽게 쓰려도 큰 깨달음을 품은 시는 어렵다.) 그러니 서툰 시인이여. 지성이 높다 자랑하지 마라. 지성은 낮은 곳으로 임할수록 맑고 밝게 빛나는 것이니.

소설(小說)

시가 리듬을 중시하는 운문이라면 소설은 뜻을 중시하는 산문이다. 소설은 사실과 허구가 혼합된 이야기 구성을 뼈대로 삼고 캐릭터를 살로 삼으며 문체를 피로 삼는다. 구성과 캐릭터와 문체를 소설의 3요소라 한다. 이 세 가지 요소가 조화를 이루도록 하여 주제 혹은 작가정신을 전하는 것이 바로 소설이다.

1. 소설의 구성

앞뒤가 서로 인과관계로 놓인 이야기를 구성(plot)이라 한다. 사건이 벌어지는 시간을 배치하는 것도 구성이고, 캐릭터들이 이러저러한 갈등을 겪거나 풀어가며 이동할 공간을 배치하는 것도 구성이다. 현대에 와서는 사건 외에 캐릭터의 내면의 흐름을 중시하는 사조가 크게 유행하고 있다. 즉 사람의 심리변화와 의식의 흐름을 어떻게 엮어 놓을 것인가도 소설가들이 심사숙고하여 배치하는 것도 구성이다.

2. 소설의 캐릭터

소설 속에서 개성을 지닌 존재로 움직이는 모든 것이 캐릭터이다. 인물이 아닌 동물이나 사물도 캐릭터이다. 작가는 캐릭터의 개성을 직접 해설하지 않고 그의 언행으로 구체화하여 드러낸다. 캐릭터는 전형적인 존재로 묘사되거나 의외적인 존재로 묘사된다. 현대소설의 주인공 가운데에는 전형적인 인물보다 의외적인 인물이 더 자주 등장하는데, 이는 인간성의 부조리에 대한 앞 세대의 열렬한 탐구 덕분이다.

3. 소설의 문체

소설의 문체는 작가가 무엇을 중시하여 작품을 썼느냐에 따라 다양해진다. 스토리를 중시할 때, 인간성의 변호나 고발을 중시할 때, 캐릭터의 심리변화와 의식의 흐름을 세밀하게 표현하려 할 때 등등 작가는 쓰고자 하는 내용에 따라 문체를 조정한다. 따라서 좋은 문체를 한 가지로 딱 짚어서 설명할 수는 없다. 읽기 시작한 순간부터 마지막 문장을 읽을 때까지 눈을 뗄 수 없는 흡인력 있는 문체가 있는가 하면 한 문장 한 문장 아주 힘들게 정신을 바짝 차리고 읽어야 해독이 가능한 문체도 있다.

기사(記事)

기사는 신문이나 방송 따위 언론을 통해 보도하려고 쓰는 글이다. 따라서 기사는 정확한 사실을 최대한 신속하게 공정한 태도로 써야 한다.

1. 기사의 정확성

기사의 독자는 이미 알고자 하는 욕구가 충만한 상태이므로 기사를 쓸 때 장식이 많은 것은 좋지 않다. 육하원칙(5W1H)에 입각하여 과장이나 빠뜨림 없이 정확하게 써야 한다.

2. 기사의 신속성

기사를 읽는 목적은 정확한 정보를 빨리 알기 위함이다. 내용이 정확할지라도 다른 보도자보다 느리다면 환영받을 수 없다. 따라서 기사에는 5W1H에서 '왜'가 빠질 때가 많다. 기사의 기본적인 조항은 누가(*who*), 언제(*when*), 어디서(*where*), 무엇을(*what*), 어떻게(*how*) 다섯 개이다. 기사문에는 제목(*headline*)과 부제(*sub headline*)가 있고, 상세한 본문에 앞서 별도로 '이끄는 문장'(*lead*)이 달려있는데 이 역시 기사의 신속성과 밀접한 관련이 있다.

3. 기사의 공정성

기사에는 가급적 글쓴이의 감정이나 사견을 넣지 말아야 한다. 한국의 신문을 읽거나 방송을 듣다 보면 기사를 전달하는 사람의 평가나 의견이 들어있는 기사문을 접할 때가 많다. 반드시 바로잡아야 할 그릇된 관행이다. 작가 지망생이 기자가 되는 경우가 많아서일까? 정치 지망생이 앵커가 되는 경우가 많아서일까? 기자의 이름을 명확히 밝힌, 이른바 기명기사로 보도하면 감정이나 사견을 넣어도 된다는 주장이 있기는 하지만 보도를 접하는 독자에게 선입견을 심어줄 수 있다는 점에선 그 역시 납득하기 어렵다.

'언론의 자유'는 그 언론이 속해 있는 사회의 정의와 양심 및 지성과 밀접한 관련이 있다. 하지만 그러한 '언론의 자유'가 정의나 양심과는 전혀 무관하게 '노출의 자유'와 혼동되는 것도 엄연한 현실임을 우리는 잊지 말아야 할 것이다.

논술(論述)

논술은 어떤 주장이나 의견을 근거를 제시하여 논리적으로 쓴 글이다. 모든 논술은 "문제제기·근거제시·결론"의 3단계 논법을 기초로 하는데, 문제를 제기하고 근거를 제시하는 방법은 매우 다양하다. 이에 대해 '디딤돌'이란 이름을 사용하는 일부 논술 교육 종사자들이 크게 열 가지로 유형으로 정리한 적이 있다.

❶ 옹호–논박 : 찬성 또는 반대하는 입장을 분명히 밝힘

❷ 제3의 견해 제시

   –서로 반대되는 두 가지 견해의 단점을 모두 비판한 뒤에 양쪽의 공통된 장점을 찾아내어 더 나은 의견을 끌어냄

   –제시된 견해를 일단 옹호한 뒤, 그에 상반된 논거를 끌어들여 모순을 드러나게 하고, 이어서 모순을 종합, 발전시킴

❸ 원인 분석

   –문제의 실상을 확인하고, 원인을 밝힌 후 문제점을 재확인함

   –문제의 실상을 확인하고, 원인을 밝힌 뒤 해결방안을 제시함

❹ 결과 분석 : 어떤 영향을 가져오는 문제에 대해 그것의 의미와 위상을 확인한 뒤 그것의 긍정적, 부정적 영향을 분석하여 글을 전개함.

❺ 목표 지향 : 문제에 이미 논술의 방향이 뚜렷이 제시되어 있는 경우엔, 주어진 목표를 정확히 확인하고 그것을 이루기 위한 조건을 검토한 뒤에 방안을 제시함

❻ 단순 논증 : 바람직한 가치관에 대해 '그렇다'고 인정할 수 있는 논리적인 근거를 댐 (보통 그것이 없거나 부족할 경우를 그것이 있거나 충분할 경우와 대비시킨다.)

❼ 설명 : 논제에 대해 개념을 정립하며 자기 견해를 밝힘

❽ 비판 : 기존의 견해에 대해 자신의 입장을 밝힌 뒤 주어진 문제를 근거를 대 비판함

❾ 이상 제시 : 바람직하지 않은 상태의 문제점을 분석하고 바람직한 방향을 제시함

❿ 비교–대조 : 두 대상을 일정한 기준에 의해 비교하고 대조한 뒤 자신의 견해를 밝힘

열 가지 가운데 어떤 유형이든 논술문은 정확한 개념 정리, 적절한 용어 선택, 간결하면서도 매끄러운 문장 구사, 체계적인 구성, 적절한 분량 등을 미덕으로 삼는다. 좋은 논술문이란 인간미와 품위가 느껴지면서도 강렬한 호소력을 지닌 매우 적극적인 글이다.

비즈니스문서

기업이나 단체에서 업무를 추진하기 위해 사용하는 문서이다. 내부에서 사용되는 문서와 외부와 주고받기 위해 작성하는 문서로 크게 나누어 생각할 수 있다. 비즈니스문서는 읽는 사람의 편의와 대외적인 인상이 중요하기 때문에 경우에 따라 양식을 바꾸는 것이 아니라 이미 정해진 형식을 이용하는 경향이 있다. 요점을 신속정확하게 상대에게 전달하는 것이 핵심이다.

1. 비즈니스문서의 구성

❶ 언제 ⇒ 발신 연월일

❷ 누가 보내는 것인가 ⇒ 발신자

❸ 누구에게 보내는 것인가 ⇒ 수신자

❹ 문서작성의 취지와 목적 ⇒ 본문

2. 비즈니스문서의 본문

기사와 더불어 대표적인 실용문으로서 간결함과 정확함이 생명이다. 5W1H의 how 부분에서 '비용과 기한'(*how much*)을 어떻게(*how to*)와 분리하여 생각하므로 5W2H에 입각한 글쓰기라 말할 수 있겠다. 훗날 증거로 사용될 수 있으므로 내용을 철저히 검토한 뒤에 발송해야 한다. 글쓴이의 사견이나 사전 평가 따위가 섞이지 않도록 한다. 우편 발송이나 변조 위험이 있으므로 반드시 복사를 해둔다.

3. 1건 1문서 원칙

항목을 나누어 쓰거나 그래프나 도표, 사진 등을 곁들이다 보면 용지가 두 장이 넘을 수 있다. 이럴 때는 상단을 묶고 용지 하단 중앙에 일련번호를 붙인다. 첫 장에 〈다음 페이지 있음〉을 밝히기도 한다. 첨부서류가 있을 경우엔 본문의 끝에 정확히 분량을 적어 밝힌다.

부록

자세한 내용은 국립국어원(www.korean.go.kr) 자료마당 어문규정 참조. 여기서는 띄어쓰기 중심으로 반드시 알아두어야 할 맞춤법만 약술하겠다.

서로 다른 낱말은 띄어서 쓰고, 독립성이 없는 낱말을 앞말에 붙여 쓰는 것이 대원칙이다.

1. 조사와 어미는 앞말에 붙여 쓴다.

〈조사〉
종류 : 은,는,이,가,을,를,에게,한테,와,과,로부터,까지,커녕 등
용례 : 은영이가 / 어디까지나 / 음식커녕
〈어미〉
종류 : –다,–고,–아(–어),–으니,–이다(입니다),–하다(합니다),–습니다 등
용례 : 찾다 / 찾고 / 찾아 / 찾으니 /사랑하다 / 의사이다

2. 의존 명사, 단위를 나타내는 명사, 잇거나 열거하는 말 등은 독립성이 있는 낱말로서 앞말과 띄어 쓴다.

① [의존명사] 아는 것이 힘이다. 나도 할 수 있다. 먹을 만큼 먹어라. 아는 이를 만났다. 네가 뜻한 바를 알겠다. 그가 떠난 지가 오래다 / 그럴 리가 없다
② [단위] 한 개 / 집 한 채
③ [잇거나 열거하는 말] 열 내지 스물 / 회장 및 회장단 / 청군 대 백군 / 책상, 걸상 등

3. 접사는 독립성이 없는 낱말로서 붙여 쓴다.

접사는 다른 단어의 앞이나 뒤에 결합되어 그 부속적인 의미를 한정해 주고, 별개의 단어를 형성하는 역할을 한다. 다른 단어(체언)의 앞에 붙는 접사는 접두사, 다른 단어(용언)의 어근 뒤에 붙어 활용어간을 이루는 접사는 접미사라 한다.
① 접두사 : '올벼'의 '올', '짓밟다'의 '짓', '제3의'의 '제' 등
② 접미사 : '깨치다'의 '치', '넘어뜨리다'의 '뜨리', '만원어치'의 '어치', '본보기삼아'의 '삼아', '버릴지언정'의 'ㄹ지언정' 등

4. 붙여 쓰기를 허용하는 경우

① 순서를 나타내는 경우나 숫자와 어울리어 쓰이는 경우에는 붙여 쓸 수 있다.
　　예) 두시 삼십분 오초 / 10개 / 7미터
② 숫자가 클 경우, 만 단위로 띄어 쓴다.
　　예) 12억 3456만 5898 / 십이억 삼천사백오십육만 오천팔백구십팔
③ 단음절로 된 단어가 연이어 나타날 적에는 붙여 쓸 수 있다.
　　예) 그때 그곳 / 한잎 두잎

5. 보조 용언은 띄어 씀을 원칙으로 하되, 경우에 따라 붙여 씀을 허용한다.

불이 꺼져 간다. − 불이 꺼져간다.
어머니를 도와 드린다. − 어머니를 도와드린다.

단, ① 앞말에 조사가 붙거나 ② 앞말이 합성 동사인 경우와 ③ 중간에 조사가 들어갈 적에는 그 뒤에 오는 보조 용언은 항상 띄어 쓴다.
　　예) 책을 읽어도∨보고…… / 강물에 떠내려가∨버렸다. / 잘난 체를∨한다.

6. 성과 이름, 성과 호 등은 붙여 쓰고, 이에 덧붙는 호칭어, 관직명 등은 띄어 쓴다.

예) 서화담 / 채영신 씨 / 충무공 이순신 장군

다만, 성과 이름, 성과 호를 구분할 필요가 있을 경우에는 띄어 쓸 수 있다.

예) 황보윤 / 황보 윤, 남궁억 / 남궁 억, 독고준 / 독고 준

7. 성명 이외의 고유 명사는 단어별로 띄어 씀을 원칙으로 하되, 단위별로 붙여 쓸 수 있다.

예) 신정 초등학교(신정초등중학교) / 한국 대학교 사범 대학(한국대학교 사범대학)

8. 전문 용어는 단어별로 띄어 씀을 원칙으로 하되, 붙여 쓸 수 있다.

예) 중거리 탄도 유도탄(중거리탄도유도탄)

9. 단음절로 된 단어가 연이어 나타날 적에는 붙여 쓸 수 있다.

예) 그때 그곳 / 좀더 큰 것 / 이말 저말 / 한잎 두잎

10. 복합어나 첩어로 인정된 낱말은 한 덩어리로 붙여 쓴다. (인정 여부는 사전으로 확인)

예) 못지않다 / 마음먹다 / 보잘것없다 / 지난달 / 큰아들(장남) / 큰코다치다
예) 그럭저럭 / 살래살래 / 하루하루 / 이곳저곳 / 곤드레만드레 / 높디높다 / 붉으락푸르락

틀리기 쉬운 띄어쓰기

① 그렇게 할 수밖에 (O) ↔ 그렇게 할 수 밖에 (×)
② 이것은 책이오. (O) ↔ 이것은 책이요. (×)
　(비교) 이것은 책이요, 저것은 붓이오.
③ '-하게' 의 의미로 쓰이는 '-이' 와 '-히' 가운데 다음은 항상 '-이'

가붓이 / 깨끗이 / 나붓이 / 느긋이 / 둥긋이 / 따뜻이 / 반듯이 / 버젓이 / 산뜻이 /
의젓이 / 가까이 / 고이 / 날카로이 / 대수로이 / 번거로이 / 많이 / 적이 / 헛되이 /
겹겹이 / 번번이 / 일일이 / 집집이 / 틈틈이

숫자표기법

① 숫자만을 적을 때는 단위어 없이 세 자리마다 자릿점을 넣는다.

　　예) 123,456,789원

② 문장 속에서 숫자를 적을 때는 네 자리로 끊어 만억조 등의 단위어를 삽입한다.
　 자릿점은 찍지 않는다.

　　예) 1234억 5678만원

③ 구어에서 생략하는 '1'도 글로 쓸 때는 반드시 집어넣는다.

　　예) '만2000명이 모였다'는 '1만2000명' 또는 '1만2천명'으로 적는다.

④ 관용적인 표현에는 아라비아숫자를 쓰지 않는다.

　　예) '십인십색'을 '10인10색'이라 쓴다든지 '송도삼절'을 '송도3절'로 쓰는
　　　 것은 잘못이다.

⑤ 범위를 나타낼 때는 단위개념을 명확히 한다.

　　예) 흔히 '16~7세기'처럼 적는데 16~17세기가 정확한 표현이다.

⑥ 수관형사와 아라비아숫자는 구분해서 적는다.

　　예) '7살'이라 적고 '일곱 살'로 읽어주기를 바랄 게 아니라 그냥 '일곱 살'로
　　　 적는 게 바람직하다. (비교) 7세

⑦ 단, 시각이나 시간을 표시할 때는 아라비아숫자로 수관형사를 대신하는 것을 문
　 제 삼지 않는 것이 관례이다.

　　예) 7시, 일곱 시, 3시간, 세 시간

문장부호 사용법

글을 쓸 때 자주 되풀이되는 상황에 일일이 해설을 달면 쓰기에 번거롭고 보기에도 우스울 것이다. 이 때 문장부호를 사용하면 글이 보기 좋고 이해하기도 쉬워진다. 문장부호는 한글맞춤법 규정에 있는 원칙을 따르되 글의 맥락과 용도에 맞게 약간씩 변화를 주기도 한다.

1-1. 마침표(終止符) - 온점(.)

① 서술, 청유, 명령으로 쓰인 문장의 끝에 찍는다.

주어와 서술어를 갖춘 문장이 아니어도 완결된 글로 볼 수 있다면 다른 문장부호(물음표, 느낌표 따위)가 들어갈 자리가 아닌 이상 마침표를 찍는다.

예) 청춘은 인생의 봄이다. (서술)

예) 그만 집에 가자. (청유)

예) 젊은이여, 야망을 품어라. (명령)

② 제목에는 마침표를 찍지 않는다.

③ 따옴표로 사용한 직접인용문의 끝에도 마침표를 찍지만, 그 뒤에 '~고 말했다' 와 같은 표현이 이어진다면 찍지 않는 편이 보기에 좋다.

예) "아빠는 회사에 가셨어요." (O)

예) "아빠는 회사에 가셨어요". (×)

예) "아비는 밭에 나갔다"고 말씀하셨다. (O)

④ 말줄임표로 문장이 끝났을 때도 찍는다.

예) 만약 내게 도깨비방망이가 생긴다면…. (O)

⑤ 문장이 끝난 뒤에 괄호 안에 부가적인 설명을 할 때에는 괄호가 마저 끝난 뒤에 찍는다.

예) 사형제도 찬반논란 속에 한국에선 지난 10년 동안 사형이 집행되지 않았
다(1997년 12월 30일 이후 0건).
⑥ 소수점, 준말 등은 마침표로 찍는다.
⑦ 아라비아 숫자만으로 연월일을 표시할 때 찍는다.
⑧ 독자가 뒷문장과 헷갈리지 않도록 표시문자 뒤에도 마침표를 찍는다. 서체를
바꾸거나 굵게 표시하여 찍지 않기도 한다.
예) 1. 반드시 알아야 할 맞춤법
예) **가** 글쓰기는 스포츠다 제1권
예) ㄴ 이니셜로 익히는 문예창작
⑨ 세로쓰기 편집일 경우엔 고리점(·)을 찍는다.

1-2. 마침표(終止符) - 물음표(?)

의심이나 의문임을 분명히 드러내고자 할 때 쓴다.

① 직접 질문할 때에 쓴다.
예) 당신, 거기서 뭐하시오?
② 한 문장에서 몇 개의 선택적인 물음이 겹쳤을 때에는 맨 끝의 물음에만 쓰지
만, 각각 독립된 물음인 경우에는 물음마다 쓴다.
예) 너는 한국인이냐, 중국인이냐?
예) 너는 언제 왔니? 어디서 왔니? 무엇하러?
③ 반어나 수사 의문(修辭疑問)을 나타낼 때 쓴다.
예) 고작 이게 은혜에 대한 보답이냐?
④ 특정한 어구 또는 그 내용에 대하여 의심이나 빈정거림, 비웃음 등을 표시할
때, 또는 적절한 표현이 아님을 글쓴이도 알고 있다는 표시로 쓴다. 문장 가운
데선 소괄호 안에, 문장 끝에선 소괄호 없이 쓴다.
예) 참 훌륭한(?) 태도야.
예) 우리 집 고양이가 가출(?)을 했어요.
예) 일반인이 매입하면 투기, 장관이 매입하면 토지 사랑?
④ 의문의 정도가 약할 때에는 마침표로 대신할 수도 있다.

예) 이 일을 도대체 어쩐단 말이냐.

예) 아무도 찬성하지 않을 거야. 미친 사람이면 모를까.

1-3. 마침표(終止符) − 느낌표(!)

감탄이나 놀람, 부르짖음, 명령 등 강한 느낌을 나타낸다.

① 느낌을 힘차게 나타내기 위해 감탄사나 감탄형 종결 어미 다음에 쓴다.

　예) 앗!

　예) 달이 밝구나!

② 강한 명령 또는 청유

　예) 지금 즉시 대답해!

③ 감정을 넣어 다른 사람을 부르거나 대답할 적에 쓴다.

　예) 춘향아! 예, 도련님!

④ 물음의 말로써 놀람이나 항의의 뜻을 나타내는 경우에 쓴다.

　예) 이게 누구야!

　예) 내가 왜 나빠! (물음표를 쓸 때보다 항의)

⑤ 감탄형 어미로 끝나는 문장이라도 감탄의 정도가 약할 때에는 마침표로 대신
할 수도 있다.

　예) 개구리가 나온 것을 보니, 봄이 오긴 왔나.

2-1. 쉼표(休止符) − 반점(,)

문장 속에 '짧은 쉼'을 표시하는 부호로서, 쉼표를 제대로 사용하면 읽는 이가
편안한 호흡으로 좀더 정확히 글의 의미를 파악할 수 있다. 글쓴이의 주관에 따
라 의도적으로 쉼표를 찍는 경우도 많다.

① 동등한 자격의 낱말이나 어구가 나열될 때

　예) 개나리, 진달래, 벚꽃이 활짝 핀 봄이다.

② 짝을 지어 서로 구분 지어야 할 때

　예) 뱀과 개구리, 사자와 얼룩말은 천적이다.

③ 대등절이나 종속절이 이어질 때

　예) 산에는 꽃이 피고, 강에는 갈대가 자란다.

④ 부르는 말이나 대답하는 말 뒤에

　예) 엄마, 할아버지께서 마당으로 나오라셔.

⑤ 느낌표(!)를 쓰기엔 가벼운 감탄 뒤에

　예) 아, 이제 가을인가 봐!

⑥ 문장 중간에 구절을 끼워 넣을 때 하이픈(–)이나 괄호 대신 쉼표를 사용하기도 한다.

　예) 그는 당시 마이너리그, 일명 햄버거리그라고도 하는, 구단의 선수였다.

⑦ 도치된 문장에서

　예) 왔구나, 드디어 로마에.

⑧ 사이를 두고 읽어 달라는 표시로 쉼표를 찍으면 쉼표가 없을 때와 속도감이나 강도가 다르게 느껴진다.

　예) 똑, 똑, 똑. 빗방울이 떨어지고 있었다.

⑨ 기사의 제목이나 극본의 지문 따위에서 주어 뒤의 조사를 생략하고자 할 때

　예) 연놀부 회장, 탈루 혐의로 검찰 소환

⑩ 글의 맥락이 바뀌어 쉼표를 찍지 않으면 문장에 오해가 발생하는 경우

　예) 갑돌이가 울면서, 떠나는 갑순이를 배웅했다.

　예) 갑돌이가, 울면서 떠나는 갑순이를 배웅했다.

⑪ 연결이나 접속을 나타내는 낱말 뒤에

　예) 한편, 활빈당 관아습격사건에 대해 조정은…….

　예) 첫째, 견문을 넓힐 수 있다. 둘째, 의욕적인…….

일반적인 접속사(그리고, 그러나, 그러므로, 그런데 등)의 뒤에는 쉼표를 찍지 않는다.

⑫ 되풀이를 피하기 위해 한 부분을 줄일 때

　예) 그는 노부모를 모심에도, 자기 분야의 연구에도 전혀 미흡함이 없었다.

⑬ 바로 뒤에 오는 말을 꾸미는 것이 아닐 때

　예) 슬픈 사연을 간직한, 경주 불국사의 무영탑.

　예) 성질 급한, 철수의 누이동생이 화를 내었다.

⑭ 독자가 특별히 주목해주기 바라거나 내용상 분위기에 필요하다 싶을 때, 글쓴

이가 주관적으로 찍을 수도 있다. 시, 소설 등 문예물에서 흔히 볼 수 있다.

2-2. 쉼표(終止符) — 가운뎃점(·)

열거된 여러 단위가 대등하거나 밀접한 관계임을 나타낸다.

① 쉼표로 열거된 어구가 다시 여러 단위로 나누어질 때에 쓴다.
　예) 철수 · 영희,진혁 · 순이가 서로 짝이 되어 윷놀이를 하였다.
　예) 공주 · 논산, 천안 · 아산 · 청원 등 각 지역구에서 두 명씩 국회의원을 뽑
　　　는다.
　예) 시장에 가서 사과 · 배 · 복숭아, 고추 · 마늘 · 파, 조기 · 명태 · 고등어를
　　　샀다.
② 같은 계열의 낱말들 사이에 쓴다.
　예) 경북 방언의 조사 · 연구
　예) 충북 · 충남 두 도를 합하여 충청도라고 한다.
　예) 동사 · 형용사를 합하여 용언이라고 한다.
③ 특정한 의미를 지닌 날을 숫자로 나타낼 때 월과 일 사이에 쓴다.
　예) 3 · 1운동
　예) 8 · 15광복
④ 괄호 안에서 성명 · 연령 · 직함 등을 구분할 때
　예) 홍사모 회장 연놀부(문인 · 기업가 · 60)
⑤ 생략할 수 있는 말을 대신하여 쓰기도 한다.
　예) 남 · 북한, 남북한
　예) 직 · 간접, 직간접

2-3. 쉼표(終止符) — 쌍점(:)

① 내포되는 종류를 들 적에 쓴다.
　예) 문장 부호 : 마침표, 쉼표, 따옴표, 묶음표 등.
　예) 문방사우 : 붓, 먹, 벼루, 종이.

② 소표제 뒤에 간단한 설명이 붙을 때에 쓴다.

예) 일시 : 1984년 10월 15일 10시.

예) 마침표 : 문장이 끝남을 나타낸다.

③ 저자명 다음에 저서명을 적을 때에 쓴다.

예) 정약용 : 목민심서, 경세유표.

예) 주시경 : 국어 문법, 서울 박문 서관, 1910.

④ 시(時)와 분(分), 장(章)과 절(節) 따위를 구별할 때나, 둘 이상을 대비할 때에 쓴다.

예) 오전 10 : 20 (오전 10시 20분)

예) 요한 3 : 16 (요한복음 3장 16절)

예) 65 : 60 (65 대 60)

⑤ 영어를 비롯한 유럽언어에서 인용문을 이끌 때나 앞의 내용을 간추려 사용하는 쌍점(콜론)은 우리말로 옮길 때는 쓰지 않는다.

예) *Descartes himself also had said : "I think, therefore I am."*
데카르트 스스로도 말했었다. "나는 생각한다. 고로 나는 존재한다."라고.

예) *He does not eat anything that has meat in it, nor does he use any product that links to any animals : He is a true vegan*
그는 고기가 들어간 어떤 음식도 먹지 않을 뿐더러 동물과 연관된 어떤 제품도 사용하지 않는다. (한 마디로 말해) 진정한 채식주의자이다.

2-4. 쉼표(終止符) – 세미콜론(;)

본래 우리말에는 없던 문장부호이다. 영어를 비롯한 유럽언어에서 방금 끝난 문장과 바로 뒤에 이어질 문장이 서로 밀접한 연관이 있을 때 마침표 대신 사용한다. 우리말로 번역할 때는 앞 문장에는 마침표를 찍어 매듭을 짓고, 뒤의 문장 앞에 맥락에 알맞은 접속어를 넣어 본래 뉘앙스에 가깝게 한다.

2-5. 쉼표(終止符) – 빗금(/)

① 대응, 대립되거나 대등한 것을 함께 보이는 단어와 구, 절 사이에 쓴다.

예) 남궁만/남궁 만

예) 백이십오 원/125원

예) 착한 사람/악한 사람 맞닥뜨리다/맞닥트리다

② 분수를 나타낼 때에 쓰기도 한다.

예) 3/4 분기 3/20

3. 따옴표(引用符)

큰따옴표(" ")와 작은따옴표(' ')가 있다. 세로쓰기를 할 때에는 낫표(『』,「」)를 사용한다. 책으로 묶을 때는 문장부호 규정을 따르지 않고 가로쓰기에 따옴표 대신 낫표를 사용하기도 하고, 문장 앞에 줄표(─)를 사용하기도 한다.

큰따옴표(" ")

① 글 가운데서 직접 대화를 표시할 때에 쓴다.

예) "전기가 없었을 때는 어떻게 책을 보았을까?" "그야 등잔불을 켜고 보았겠지."

② 남의 말을 인용할 경우에 쓴다.

예) 예로부터 "민심은 천심이다"라고 하였다.

예) "사람은 사회적 동물"이라고 말한 학자가 있다.

작은따옴표(' ')

① 따온 말 가운데 다시 따온 말이 들어 있을 때에 쓴다.

예) "여러분! 침착해야 합니다. '하늘이 무너져도 솟아날 구멍이 있다' 고 했습니다."

② 마음속으로 한 말을 적을 때에 쓴다.

예) '만약 내가 이런 모습으로 돌아간다면, 모두들 깜짝 놀라겠지.'

③ 문장에서 중요한 부분을 두드러지게 하기 위해 쓰기도 한다. 방점을 찍거나 글씨를 굵게 하는 것과 같은 효과가 난다.

예) 지금 필요한 것은 지식이 아니라 실천입니다.

= 지금 필요한 것은 지식이 아니라 실천입니다.

예) '배부른 돼지' 보다는 '배고픈 소크라테스' 가 되겠다.

= **배부른 돼지**보다는 **배고픈 소크라테스**가 되겠다.

[가]

가랑이 ← 가랭이

가르마 ← 가리마

(숨이) 가쁘다 ← 가뿌다

갈치 ← 칼치

감쪽같다 ← 깜쪽같다

강술 ← 깡술

강퍅(剛愎)하다 ← 강팍하다

(비가) 개다 ← 개이다

개비(담배) ← 개피

객쩍다 ← 객적다

게시판 ← 계시판

건더기 ← 건데기

걸맞은 ← 걸맞는

걸쭉하다 ← 걸죽하다

게거품 ← 개거품

게네(들), 걔네(들) ← 계네(들)

게슴츠레 ← 게슴치레

고즈넉이 ← 고즈넉히, 고즈너기

골칫거리 ← 골치꺼리

괄시하다 ← 괄세하다

괴발개발 ← 개발새발

곱빼기 ← 곱배기

괘념 ← 괴념

괜스레 ← 괜시리

괴나리봇짐 ← 개나리봇짐

괴팍하다 ← 괴퍅하다

구더기 ← 구데기, 구대기

구레나룻 ← 구렛나루

구절(句節) ← 귀절

굴착기 ← 굴삭기

굼벵이 ← 굼뱅이

굽이치다 ← 구비치다

귀띔 ← 귀뜸, 귀띰

귀이개 ← 귀지개

귓불 ← 귓볼

그제야 ← 그제서야

금세 ← 금새

깊숙이 ← 깊숙히

까다롭다 ← 까탈스럽다

깍듯하다 ← 깎듯하다

깔때기 ← 깔대기

꺼리다 ← 꺼려하다
꺼풀 ← 거풀
꺾꽂이 ← 꺽꽂이
꼭두각시 ← 꼭둑각시
꼼수 ← 꽁수
꼬리뼈 ← 꽁지뼈
꼿꼿이 ← 꽂꽂이, 꽃꽂이
꽃봉오리 ← 꽃봉우리
끄나풀 ← 끄나불
(날씨) 끄물거리다 ← 꾸물거리다
끔찍이 ← 끔찍히

[나]

나루터 ← 나룻터
나지막이 ← 나지막히
낚아채다 ← 나꿔채다
날개 돋치다 ← 날개 돋히다
날라리 ← 날나리
남세스럽다 ← 남사스럽다
내로라하는 ← 내노라하는
냄비 ← 남비
넋두리 ← 넉두리
널따란 ← 넓다란
널브러지다 ← 널부러지다
널빤지 ← 널판지
넓적다리 ← 넙적다리
넝쿨(덩굴) ← 덩쿨
노랑이 ← 노랭이

놀래다 ← 놀래키다
눈곱 ← 눈꼽
눈살 ← 눈쌀
눌은밥 ← 누른밥, 누룽밥
늑장부리다 ← 늦장부리다
늘그막 ← 늙으막
늦깎이 ← 늦깍이, 늦깎기
닐리리야 ← 늴리리야

[다]

(논)다랑이 ← 다랭이
닦달하다 ← 닥달하다
단말마 ← 단발마
단출하다 ← 단촐하다
(약을)달이다 ← 다리다
달큼하다 ← 달큰하다
담뱃갑 ← 담배곽
대가 ← 댓가
더욱이 ← 더우기
덤터기 ← 덤태기, 덤테기
덥석 ← 덥썩
덩굴(넝쿨) ← 덩쿨
데우다 ← 뎁히다
도둑고양이 ← 들고양이
도돌이표 ← 되돌이표
도롱뇽 ← 도룡뇽
도떼기시장 ← 돗떼기시장
돌나물 ← 돈나물

돌잔치 ← 돐잔치

돌멩이 ← 돌맹이

동갑내기 ← 동갑나기

되뇌다 ← 되뇌이다

두루뭉수리 ← 두루뭉실, 두리뭉실

뒤꼍 ← 뒷곁

뒤덮이다 ← 뒤덮히다

뒤처리 ← 뒷처리

뒤처지다 ← 뒤쳐지다

뒤치다꺼리 ← 뒷치닥거리

뒤탈 ← 뒷탈

뒤편 ← 뒤켠

들르다 ← 들리다

들이켜다 ← 들이키다

등용문 ← 등룡문

등쳐먹다 ← 등처먹다

딱따구리 ← 딱다구리

딱지 ← 딱정이

땡추 ← 땡초, 땡중

떠들썩하다 ← 떠들석하다

떠버리 ← 떠벌이

떨떠름하다 ← 떫더름하다

뚝배기 ← 뚝베기, 뚝빼기

뜨개질 ← 뜨게질

맨송맨송하다 ← 맹숭맹숭하다

맷돌 ← 멧돌

머리기사 ← 머릿기사

머리말 ← 머릿말

머리쓰개, 머릿수건 ← 머리싸개

머슴애, 머슴아이 ← 머슴아, 머스마, 머시마

먹장어 ← 곰장어

멋쩍다 ← 멋적다

메밀 ← 모밀

메우다 ← 메꾸다

(목이) 메다 ← 메이다

명란(명란젓) ← 명난(비교: 창난)

목메다 ← 목메이다

몸뚱어리 ← 몸뚱아리

(농사)못자리 ← 묘자리

묏자리 ← 못자리

무 ← 무우

무동 타다 ← 무등 타다

무르팍 ← 무릅팍, 무릎팍

무지렁이 ← 무지랭이

미루나무 ← 미류나무

밑동 ← 밑둥

밑씻개 ← 밑닦개

[마]

마뜩찮다 ← 마끅잖다

만날(萬–) ← 맨날

[바]

바람(=희망) ← 바램

반짇고리 ← 반짓고리

밥풀떼기 ← 밥풀데기
배갈(=고량주) ← 빼갈
법석 ← 법썩
베짱이 ← 배짱이
본뜨다 ← 본따다
볼썽사납다 ← 볼성사납다
산봉우리 ← 산봉오리
부기(浮氣) ← 붓기
부딪치다 ← 부딛치다
부서지다 ← 부숴지다
북받치다, 복받치다 ← 북받히다, 복받히다
불리다 ← 불리우다
붓두껍 ← 붓두껑
붙박이다 ← 붙박히다
비곗살 ← 비계살
비뚜로 ← 비뚜루
비로소 ← 비로서
빼곡히 ← 빼곡이
뻐끔담배 ← 겉담배

삼가다 ← 삼가하다
삼수갑산 ← 산수갑산
삼짇날 ← 삼짓날
새침데기 ← 새침떼기
생쥐 ← 새앙쥐
생채기 ← 상채기
서른 ← 설흔
설거지 ← 설겆이
설레다 ← 설레이다
성대모사 ← 성대묘사
소꿉장난 ← 소꼽장난
속속들이 ← 속속드리
솔직히 ← 솔직이
송두리째 ← 송두리채
숙맥(菽麥) ← 쑥맥
쉰 ← 쉬흔
시답잖다 ← 시덥잖다
실낱 ← 실난, 실낫
쌍꺼풀 ← 쌍거풀, 쌍꺼플
쑥스럽다 ← 쑥쓰럽다

[사]

사글세 ← 삭월세, 삿월세
~을 사사(師事)하다 ← ~에게 사사받다
사돈 ← 사둔
사흗날 ← 사흘날
산바라지 ← 산구완
살쾡이 ← 삵괭이

[아]

아등바등 ← 아둥바둥
아리따운 ← 아릿다운
아뿔싸 ← 아뿔사
아지랑이 ← 아지랭이
안성맞춤 ← 안성마춤
안쓰럽다 ← 안스럽다

안절부절못하다 ← 안절부절하다

알맞은 ← 알맞는

알아맞히다 ← 알아맞추다

앙증맞다 ← 앙징맞다

얄궂다 ← 얄굿다, 얄굳다

양수겸장 ← 양수겹장

애개(애개개) ← 애걔(애걔걔)

애꽂다 ← 애꿋다, 애끈다

애당초 ← 애시당초

애면글면 ← 애망갈망

애송이 ← 애숭이

앳된 ← 애띤

야반도주 ← 야밤도주

야트막하다 ← 얕으막하다

어깃장 ← 어긋장, 어기짱

어깻죽지 ← 어깨쭉지

어떡해 ← 어떻해

어르다 ← 얼르다, 어루다

어슴푸레 ← 어슴프레

어우러지다 ← 어울어지다

억지 ← 어거지

얼씨구절씨구 ← 얼시구절시구

얽히고설키다 ← 얼키고설키다

엎치락뒤치락 ← 엎치락뒷치락

엎친 데 덮치다 ← 업친 데 덥치다

(살을) 에다 ← 에이다

연양갱(軟羊羹) ← 영양갱

열어젖히다 ← 열어제치다

예부터 ← 옛부터

예삿일 ← 예사일

예스럽다 ← 옛스럽다

오두방정 ← 오도방정

오뚝이 ← 오뚜기, 오똑이

오랜만에 ← 오랫만에

오랫동안 ← 오랜동안

오므리다 ← 오무리다

오순도순 ← 오손도손

옥에 티 ← 옥의 티

옴짝달싹 ← 옴쭉달싹

옹알이 ← 옹아리

왠지 ← 웬지

외톨이 ← 외토리

욕지거리 ← 욕찌거리

우레 ← 우뢰

우르르 ← 우루루

웃어른 ← 윗어른

웃옷 ← 위옷

움츠리다 ← 움추리다

움큼 ← 웅큼

웬 걸 ← 왠 걸

웬일인지 ← 왠일인지

위층 ← 윗층

윗도리 ← 웃도리

육개장 ← 육계장

으레 ← 으례, 으레히

으스대다 ← 으시대다

이파리 ← 잎파리

이점 ← 잇점

인사말 ← 인삿말
일찍이 ← 일찌기

[자]

자장면 ← 짜장면
잠방이 ← 잠뱅이
장구 ← 장고
장아찌 ← 짱아치
재떨이 ← 재털이
재취 ← 재취 처
적이 ← 저으기
절체절명 ← 절대절명
점쟁이 ← 점장이
접질리다 ← 접지르다
조무래기 ← 조무라기
졸리다 ← 졸립다
주야장천 ← 주구장창
주워 ← 줏어
주책없다 ← 주착없다
줄행랑 ← 출행랑
쥐여지내다 ← 쥐어지내다
지루하다 ← 지리하다
진돗개 ← 진도개
진딧물 ← 진디물
집게 ← 쪽집게
짓궂다 ← 짖궂다
짜깁기 ← 짜집기
짭짤하다 ← 짭잘하다

쩨쩨하다 ← 째째하다, 쪼잔하다
찌개 ← 찌게
찌뿌듯하다, 찌뿌드드하다 ← 찌뿌둥하다

[차]

창난(창난젓) ← 창란 (비교: 명란)
처먹다 ← 쳐먹다
체면치레 ← 체면치례
쳐들어가다 ← 처들어가다
초승달 ← 초생달
초점 ← 촛점
총부리 ← 총뿌리
추스르다 ← 추스리다
측간 ← 칙간
치근거리다 ← 추근거리다
치다꺼리 ← 치닥거리
치르다(치렀다) ← 치루다(치뤘다)
칠흑 ← 칠흙

[카]

켕기다 ← 캥기다

[타]

태껸 ← 택견
텁수룩하다 ← 덥수룩하다

통째로 ← 통채로
통틀어 ← 통털어
틈틈이 ← 틈틈히

[파]

파수꾼 ← 파숫군
평안감사 ← 평양감사
폭삭 ← 폭싹
푸줏간 ← 푸주간, 푸주깐
풋내기 ← 풋나기
풍비박산 ← 풍지박산

[하]

하루만에 ← 하룻만에
하마터면 ← 하마트면
해님 ← 햇님
해코지 ← 해꼬지
허구한 날 ← 허구헌 날
허드렛일 ← 허드레일
허섭스레기 ← 허접쓰레기
허우대 ← 허위대
허접스럽다 ← 허접하다
허탕(을) 치다 ← 헛탕치다
혈혈단신 ← 홀홀단신
헤매다 ← 헤메다
헹가래 ← 헹가레
혼잣말 ← 혼자말

혼쭐나다 ← 혼줄나다
홀아비 ← 홀애비, 호라비
횟집 ← 회집
후드득 ← 후두둑
휴게실 ← 휴계실
흉측하다 ← 흉칙하다
휘둥그레지다 ← 휘둥그래지다

[바꿔 쓰기 쉬운 말]

■가르치다: 지식이나 기능 따위를 깨
닫거나 익히게 하다. 나쁜 버릇을 고
치어 바로잡다.
■가리키다: 지적하다. 지칭하다.

■가늠하다: 재다. 측정하다.
■가름하다: 나누다. 분별하다.

■가없다: 헤아릴 수 없다
■가엾다: 딱하고 불쌍하다

■가진: 소유한. 가지고 있는
■갖은: 온갖

■갱신:(없어질 상태에서) 다시 새롭게 함
■경신: 내용을 새로이 고침

■검불: 마른 풀이나 마른 잎.
■덤불: 마구 엉클어진 풀.

■금슬(琴瑟): 거문고와 비파

■금실(琴瑟): 부부 사이가 다정하고 화
　　　목함

■나르다: 운반하다

■날다: 비행하다

■너비: 가로의 넓이. 가로나비

■넓이: 일정한 평면에 걸쳐 있는 공간
　　　이나 범위의 크기

■노름: 도박

■놀음: 놀이

■던지: (회상) 그랬던지

■든지: (내용을 가리지 않고) 하든지 말
　　　든지

■다르다: 같지 않다

■틀리다: 그르다. 맞지 않다

■다리다: 다리미질하다

■달이다: 진하게 끓이다

■당기다: 마음이 이끌리다

■댕기다: (불 따위) 옮겨 붙이다

■드러내다: 드러나게 하다

■들어내다: 들어서 밖으로 옮기다. 자

리에서 내쫓다

■들르다: 지나는 길에 잠깐 들어가 머
　　　무르다

■들리다: '들다' 의 피동사

■등살: 등에 있는 살

■등쌀: 몹시 귀찮게 구는 짓

■떠벌이다: 일을 크게 벌이다

■떠벌리다: 이야기를 과장하여 늘어놓
　　　다

■매다: 두 끝을 엇걸어 마디 짓다

■메다: (어깨에) 걸치거나 올려놓다

■몹쓸: 고약하고 나쁜

■못 쓸: 쓰지 못할

■반드시: 꼭. 틀림없이

■반듯이: 가지런히

■봉오리: 꽃봉오리

■봉우리: 산봉우리

■새다: 틈에서 흘러나오다

■세다: (털이) 희어지다

■안되다: 일, 현상, 물건 따위가 좋게 이루어지지 않다. 마음이 언짢다. 몰골이 상하다
■안 되다: 아니 되다

■애끊다: 몹시 슬프다
■애끓다: 몹시 걱정하다

■여위다: 몸의 살이 빠져 수척해지고 파리해지다
■여의다: 부모나 사랑하는 사람이 죽어서 이별하다

■용트림: 거드름을 피며 부러 크게 힘들여 하는 트림
■용틀임: 비틀거나 꼬며 움직임. 왕성한 기세로 뻗쳐오름.

■임산부: 임부와 산부
■임신부: 아이 밴 여자

■주검: 시체. 屍
■죽음: 죽는 일. 死

■지그시: 슬며시 힘을 주는 모양. 조용히 견디는 모양
■지긋이: '지긋하다'의 부사어

■지양(止揚): 피함. 하지 않음
■지향(志向): 어떤 방향으로 뜻이 쏠림

■지피다: 불을 사르다
■짚이다: 헤아려 보니 짐작이 가다

■피난(避難): 재난을 피함
■피란(避亂): 난리를 피함

■하릴없다: 어찌할 도리 없다
■할 일 없다: 할 일이 없다

■한목: 한꺼번에 전부
■한몫: 한 사람 앞에 돌아가는 몫 또는 역할

■홀몸: 배우자나 형제가 없는 몸
■홑몸: 아이를 배지 않은 몸

글쓰기는
스포츠다 _문예창작 훈련의 현장

1판 1쇄 인쇄 2008년 6월 20일
1판 1쇄 발행 2008년 6월 25일

지은이 _ 유용선
펴낸이 _ 김용성
펴낸곳 _ 갑을패
주소 _ 서울시 동대문구 이문 2동 346-41 영일빌딩 2층(130-831)
전화 _ 02-962-9154 | 팩스 _ 02-962-9156
홈페이지 _ http//www.LnBpress.com | 전자우편 _ lawnbook@hanmail.net
출판등록 _ 2003년 8월 19일

ISBN 978-89-91622-16-6 13800

책값은 뒷표지에 있습니다.